転生したら捨てられたが、拾われて楽しく生きています。4

登場人物紹介
ガレル
ラジェの保護者で
木陰の猫亭の従業員。
ラジェの耳が治ったことに
ついてはまだ知らない。
実はモテモテ。
ミカエル
エンリケの部下でミリーの
菓子店の手伝いをする
有能な商人。
マカロンへの愛情は過多。
ラジェ
木陰の猫亭で働く
従業員の少年。過去のトラブルから
耳が不自由だったが、
ミリーに治療され快復する。
ミリー
本作の主人公。
快適な異世界生活のため、
降りかかるトラブルを今日も
華麗に回避、していたのだが……。
日課は愉快な魔法訓練。

ウィル
冒険者……とは仮の姿で
秘密裏にミリーを調査していた
王太子の部下。何かと苦労性。
バート
一巻で猫亭襲撃事件を
調査した騎士。
本名がめちゃ長い。
ミリーから変態騎士の称号を
与えられる。
レシア
カシアンの妻で、
アズール商会会頭・ロイの姉。
やり手の商人だが、
カシアンとのののろけ話は長い。
カシアン
オーシャ商会の会頭で
菓子店レシアの関係者。
おっとりした雰囲気だが、
甘い物と妻への情熱は熱い。

親子でお料理タイム

今日は、ジョーから火の使い方を教わる日だ。通常プレゼントを贈らない年の誕生日にほろ酔い気分で陽気になったジョーからどさくさに紛れて取りつけた約束だ。

いつもよりもやや真剣な表情でジョーが人差し指を上げる。

「ミリー、火を使う際に一番に気をつけることはなんだ？」

「猫亭《ねこてい》を焼かないこと！」

手を上げてそう言うとジョーが苦笑いしながら答える。

「それも大切だが……一番に気をつけるのは怪我をしないことだ」

「はーい」

「ミリー、ちゃんと聞け」

「はい！」

ジョーが壁際の私の身長より位置に備えつけられたオーブンの前で、私を抱っこして中を見せてくれる。以前ジョーがいない時に、風魔法で飛んで中を覗《のぞ》き見たことはあったが、その時よりも弱火なようで、近寄っても強い熱気は感じない。

「オーブンには四六時中いつでも小さな火が付いていて、使う時にはすぐに火が付く状態にしている。実際に火を扱う必要があるのはコンロだ。ほら、これを使え」

ジョーは私を下ろすと、準備していた私用の木の踏み台を出す。トントンと踏み台に乗り、コンロを眺《なが》める。丁度いい高さだ。

ジョーはコンロの掃除を徹底してくれているようで、クリーンをかけていない状態でも比較的綺麗だ。

「コンロ、綺麗だね」

「うちの小さな天使がうるさいからな」

ジョーが笑いながら言うので、釣られて笑ってしまう。

確かにうるさい小さな人間がいる、私だ。

「俺は火魔法が使えるから必要ないが、ミリーはまずこいつらで火をつける練習をしないとな」

ジョーに渡されたのは、私の手でも持てるゴツゴツした石と先の少し尖った鉄の棒だった。

まさかコレで火をつけるの？　猫亭で誰かがこれを使っているのは今までに見たことがなかった。火関係はジョーが全て取り仕切っていたから、特に気にしてもいなかった。

この国は文明の進み具合が不思議だ。地球が歩んだ進み方と違う。

魔道具はあるのに火打ち石で火をつけている……多分、魔法や魔石があるので一部の技術は改善する機会がないのかもしれない。

渡された棒の赤錆が手に移る。

「錆びてるよ……」

「ああ、普段は使わずに箱に入れっぱなしにしてるからな。ミリー、この手袋を着けろ。火傷したら大変だ」

手袋をはめ、ジョーの説明通りに専用の器の上で石を棒に叩きつけるが何も起こらない。

「貸してみろ。こうやって石の上に黒布を置いて、鉄の棒を叩くように擦れば——」

ジョーが火打ち石を使ってカチンカチンと音を立てると火花が飛び、黒布に火が移る。火のついた黒布を、あらかじめ準備しておいた鉄箱の麻紐の上に置いたら火が燃え上がった。原始的だ。

ジョーにやってみろ、と火打ち石を渡される。

カチ、カチ、と寂しい音が台所に広がる。思っていたよりも難しい……

「うーん」

「気にすんな。最初は誰でもコツを掴《つか》むのに時間がかかる。ナイフの裏でもできるが、それは危ないからやるなよ。ま、営業中はコンロも含めて厨房の火は常についているから、猫亭でコレを使うことは少ないだろうしな」

これは、できなくても問題なさそう。ジョーは知らないけど、火魔法使えるし！

手袋を外し手の匂いを嗅《か》ぐ。鉄臭い。マッチやライターがあれば便利なのに。作り方？　知らない！　とりあえず、手をクリーンする。

「じゃあ、次だな。コンロの下の扉は薪を入れる場所だ。毎朝、俺の火魔法で火をつけるが、ミリーはオーブンから火種を使え」

私の身長でも踏み台に上がれば一応オーブンから火種も取れる。

ジョーはコンロって呼んでいるけど、これはかまどだよね。薪を入れて、前も使ったことのある缶に入っているスライムに移した火種で火をつける。スライムのおかげか薪に火がつくのは早い。さすが、放火魔の魔物だ。

「ミリーなら分かっているだろうけど、コンロの上は無闇に触るなよ。火傷するから」

コンロの前にある木の踏み台に上る。コンロ口は四つで一番左の火力が一番弱くなるよう、火の出口が調整されている。それに加えてジョーは弱火から強火の微調整を火魔法でしながら料理をしている。右側には鉄板がある。

「手始めに朝食用の卵でも焼いてみるか？　水を入れると、湯気が出るから気をつけろよ」

ジョーが見守る中、私は鉄板の上に卵を割り落とした。水を加え、ジュワッと湯気が出たらすかさず上から木の取っ手がある鉄の蓋をする。

今回はジョー好みのベースドエッグを作る。蓋を取ると丁度いい感じにできた卵が現れる。

こちらの世界の卵の焼き方は、今みたいに蓋をして片面を蒸し焼きにするベースドエッグか、両面をしっかり焼くオーバーハードが好まれる。ちなみに、私は蓋をせずに片面だけを焼くサニーサイドアップが好きだ。ジョーからは、それはほぼ生だろって心配されているけど……

「ミリー、ばっちりだな」

「お父さんが、最初に食べてね」

卵を載せた皿をジョーに渡すとその場でペロリと平らげる。

「うん、美味いな。みんなの分も作ってくれ」

「はーい！」

みんなの分の朝食を作り終わったところで、ガレルさんが厨房にやってきた。

「旦那さん、ミリー嬢ちゃん、おはよう。今日は二人、朝早いな」

「実は今日からコンロの使い方を習うことになったのです。これ、ガレルさんとラジェの朝食です」

みんなのために張り切って作ったいつもより量を大目の目玉焼きとハムが盛られた皿から二人の分を取り分け、ガレルさんに渡す。ガレルさんは微笑《ほほえ》みながらお礼を言った。

「ありがとう」

「よし、火の練習については一旦ここまで。ガレル、食ったら客の朝食の準備を始めるぞ」

「私も今日お手伝いの日だから準備してくるね」

朝食は忙しかったがマルツと二人だったので、余裕で捌くことができた。朝食のシフト後、掃除を済ませジョーの料理を手伝いに厨房へ向かう。

「ミリー、今日のランチは、からあげとオークの生姜焼きだ。揚げ物はまだ早いから、オークの生姜焼きを手伝ってくれ」

鉄板に少量の油を引き、野菜とオークを焼く。良い頃合いで魚醤《ぎょしょう》、生姜、ニンニク、レモン汁を入れ、最後に塩で味を調整して蓋をする。ジョーがそんな私の姿を見ながら訝《いぶか》し気に尋ねる。

「手際がいいな。こっそりコンロを使っていたんじゃないよな？」

「そんなことしてないよ。お父さんをいつも見ていたからだよ」

「照れくさいことを言うなよ」

本当はこっそり魔法を使って火を調整したり重い蓋を軽くしたりしているけど……そこはいいよね。

ジョーの後ろではガレルさんが夜用の肉を切っている。包丁さばきが速いし正確だ。

そういえば、ガレルさんは以前、冒険者ギルドで解体の仕事をしていたってラジェが言っていたな。それなら、この手捌きは納得だ。ガレルさんが切り終えた肉を氷室《ひむろ》に片付けるのを見て慌てて声を上げる。

「おおう！　待って！」

「ミリー嬢ちゃん、どうした？」

「ガレルさん、お肉は氷室《ひむろ》の一番下の段にお願いします」

肉の置き場所を注意する。これは絶対、絶対、絶対に重要だ。ジョーが思い出したように頷《うなず》きながら同意する。

「おう。そうだった。ガレル、肉は下の段に頼む」

「分かったが、どうしてた？」

ガレルさんが肉を一番下の段に置き直しながら尋ねる。

「お肉を上の段に置くと肉汁が下に垂れてしまうかもしれないからです。他の食材に付くと菌――お腹を壊します。それに下の段は温度が低いので傷みにくいです。他の物に生のお肉が接触しないようにお願いします」

「分かった」

危ない。細心の注意を払わないと、猫亭集団食中毒ウエルカムコースまっしぐらだ。菌の説明をしてもきっと誰も理解をしてくれないと思う。

これは仮説だけど、前にも言ったように菌は多分クリーンでは完璧に消えないような気がする。だって、『汚れ』じゃないから。それは、毒も同じだと思う。ポテトスキンの調理の時もクリーンでは不安だったから、白魔法の浄化を使った。思うに白魔法の浄化は身体に悪質な物を除去しているのではないだろうか。クリーンよりも強力なのは確かだ。理由は単純、魔力をもっと使うからだ。あくまでも、仮説だけど。

どちらにしろ、回りのみんなが使えるのはクリーンの方だ。白魔法は使えないから、菌の蔓延には気をつけないと。病気になってみんなで三日三晩のおトイレハグは絶対に嫌だから。

うーんと次の生姜焼きを作りながら唸る私にジョーが声をかける。

「ミリー、何をまた難しい顔をしてるんだ？　生姜焼きはできたか？」

「うん。完璧だよ！」

「どれどれ。自信ありそうな顔だな」

ジョーが私作の生姜焼きを味見する。

「どう？　美味しい？」

「おう！　俺のよりも美味いんじゃないか？　さすがミリーだな」

「えへへ」

それから忙しいランチも捌き、片付けも終了して部屋へ戻ろうと厨房のドアへと向かうとジョーに引き止められる。

「お！　そうだ。今月分のお手伝いの小遣いを渡さないとな。ミリーは自分でも稼いでいるから少なく感じるかもしれないが、一応今月から値上げしといたぞ。週に小銅貨五枚だ」

「本当！　嬉しい。えへへ」

お小遣いアップはお手伝いの範囲が広がったという理由もあるけど、ラジェに掃除の仕方を教えたりマルクに計算を教えたりしたからジョーが教えることが減った分、時間が浮いたので私のお小遣いをアップしたのだと言われた。素直にうれしい。

ジョーから貰《もら》ったお金を猫の財布に入れると違和感に気づく。

（あれ？　え？　赤い玉がない）

え？　どうして？　お金はあるから……誰かに盗られた訳ではない。もしかして、落としてしまった？　どこで落とした？

「あ……」

やばい。絶対この前行ったステファニーさんの家だ。ハンカチを落とした拍子に猫の財布から落ちた可能性が高い。くっ、赤い玉には魔力をマシマシに込めている……魔力を込めなければよかった。

「どうしよう。うーん」

しばらく考えたけど、どうすればいいか分からないので保留することにした。

万が一ステファニーさんに尋ねられてもいつものようにとぼけるか、屋根裏部屋で拾ったと嘘をつく予定だ。それに厳密に言えば、屋根裏部屋で拾ったというのは嘘ではない……よし、それでいこう。次にいつ会うか分からないし、今悩んでも仕方ないよね。

菓子店アレコレ

数日後、爺さんの執務室にポーズを取りながら元気よく入る。

「シャキーン」

「来たか」

「ギルド長、お久しぶりです」

今日は商業ギルドを一人で訪れている。執務室にはミカエルさんもいたので挨拶をする。

いつものソファに座るよう爺さんに促されると、目の前のテーブルに箱を置かれた。これは――

「お主、七歳になったそうだな。これは、祝いだ」

パズルボックス………しかもこの前貰《もら》った物より大きく、より難解になっている気がする。

「ギルド長……大変嬉しいのですが、七歳の誕生日にお祝いの品は必要ないですよ」

「なんだ、お主、これを解く自信がないのか？」

「誰もそんなこと言ってないです」

「クク。まぁ無理だろうが、精々頑張るのじゃな」

爺さん……ニヤニヤして本当に性格悪いな。でも確かに今回のパズルボックスは時間かかりそうだな。こんな繊細《せんさい》な物を誰が作ったの？　技術の無駄遣いじゃない？　わざわざ解かなくても、壊せば良いかな？

「これが解けたら、また中に何か入っているんですか？」

「それは、解いてみないと分からんな。壊したら中身も壊れるから気をつけよ」

「……そうですか。『お祝い』をありがとうございます」

「私はそろそろ出かける。ミカエル、後はよろしく頼む」

「はい、ギルド長」

爺さんが退室すると、ミカエルさんから菓子店リサの進行状況の説明を受ける。内装の修復工事はほぼ完了したとのことだ。作業をお願いしていたギルド専属の大工のリーさんは現在外装と看板の作業、それから家具の修復作業に取りかかっているそうだ。

雇った料理人たちは、ルーカスさんとレイラさんを中心に日々お菓子作りの練習を重ねている。

販売員の雇用もすでに終わっているという。

ミカエルさんに新しく雇用した従業員のことを尋ねる。

「販売員はどのような方たちですか？」

「中心人物としてビビアンという、二十年以上食事処で接客業務をこなしていた経験者を。それ以外にも四人の優秀な者たちを雇っております」

内装工事が全て終了したら八の月のオープンまで商品の勉強と接客のトレーニングをするそうだ。順調に進んでいるらしい。さすがはミカエルさんだね。

「食器類については以前のレストランから引き継いだアイボリーを基調とした物を使う予定です。

足りないものはすでに追加でオーダーしました」

こちらもすでに承諾していた内容だ。

「ありがとうございます」

「次にこちらですね」

ミカエルさんがお店で出す紅茶、果実水、お酒などがリストアップされた資料を見せる。

「うーん。酒類はなくても大丈夫だと思いますが、いかがですか？」

「そうですね……菓子店という新しい試みですので、ひとまず酒類は取り扱わずに客の反応を見てみましょう」

「お茶は、確かお店のお隣がお茶屋でしたよね？　そちらとの取引は可能ですか？」

「はい。私もそのように勧《すす》めるつもりでした」

ミカエルさんも隣のお茶屋と商売するのに賛成のようだ。近所の店とは仲良くしておいて損はないよね。

お茶のリスト項目の一つにカフィとある……これはもしかしてコーヒーのこと？

「このカフィは、どのような飲み物なのでしょうか？」

「焙煎豆《ばいせんまめ》を煮出した黒い飲み物ですが、香りがよく、気持ちが落ち着くとここ最近人気です」

やっぱりコーヒーのように聞こえる。東区で見かけなかったが西区では数年前から取り入れているお店が多いという。コーヒー、懐かしいな。

「ぜひ、飲んでみたいですね」

「それでしたら、商業ギルドにカフィ用の道具があります。少々お待ちください。今、お持ちしますね」

ミカエルさんが持ってきたカフィ用の道具は、記憶にあるドリップコーヒーのようなものだった。水に浸かっている金魚掬《すく》いのポイに見えるのは……布製のネルフィルターか。

ミカエルさんが早速準備を始める。少し粗めに挽いた豆にお湯がゆっくりと注がれると、辺りに芳醇な香りが漂う。

(これは完全にコーヒーだ)

「こうやってゆっくり淹《い》れるのが美味しいコツのようです」

ミカエルさんから出来立てのカフィを入れたカップを受け取る。

「いい匂いですね」

コーヒーの匂いは久しぶりだ。前世では、毎朝飲む一杯のコーヒーが楽しみだった。

「ミリー様のお年頃の子は好みが分かれる飲み物だと思います。苦手なら全て飲まなくても大丈夫です。ご注意ください」

カフィを一口飲みやめる。残念だ。子供舌のせいで随分苦く感じる。匂い自体はこんなに芳醇でフルーティなのに……

「残念ながら私には苦いのでミルクをお願いします。カフェ・オ・レにします」

「かふぇ・お・れですか？　初めて聞きます。もちろんミルクのご用意もしていますよ」

カフィと温めたミルクを半々に入れた、カフェ・オ・レを飲む。これは美味しい！

カフェ・オ・レを味見したミカエルさんが目を見開く。

「これはこれは、カフィの苦さがダメな方も美味しくいただけますね。ミルクを足すことは今までもありましたが、温めたミルクを半々にして飲んだことはありませんでした」

「他にどのような飲み方があるのですか？」

「先程の淹《い》れ方、ブラックが主流ですね。カフィは新しい飲み物ですので、王都でもそこまで定着はしておりません」

ミカエルさん曰く、数年前に焙煎方法の登録がされてからカフィはいろいろな店で見かけるようになったそうだ。

「どんどん人気になりそうですね」

「かふぇ・お・れは商品登録されますか？」

ミカエルさんがカフェ・オ・レに視線を落とし尋ねる。

今はブラックで飲み方が主流のようだけど、広まればカフェ・オ・レの飲み方は思いつく人は多いはず。なんでもかんでも利益ばかりを独り占めしても意味がないと思う。私のゴールはたくさんの美味しい物を広め、砂糖の値段を暴落させることなんだ。

「……無料登録にしてください」

「ミリー様ならそう言われると思っていました。こちらはそのうち、自然と広まりそうですね」

反対されるかと思ったけど、ミカエルさんもこの意見には賛成のようだ。よっぽど好みに合ったのか、ミカエルさんがカフェ・オ・レを飲み干す。

「カフィの原材料のお値段は高いのですか？」

「いいえ。カフィの豆は現在二か国からの輸入が可能です。紅茶の平均額よりも高額ですが、裕福な平民だったら常用として購入可能な値段です」

カフィの豆は小袋で銅貨五枚だと言う。東区も日常的にお茶を飲む、嗜好品だけど余裕があればコーヒーも買えるかもしれない。

カフェ・オ・レを再び口に含む。砂糖があればもっと美味しいだろうな。

ミカエルさんが思い出したようにカフィについて話を始める。

「砂の国では、粉状のカフィを銅の小鍋で水に溶かし、熱した砂の上で煮詰めて飲むとギルド長が言っておりました」

それはトルココーヒー風なのかな？　前世では専門店で飲んだことあった。確か、コーヒー占いなんてものもあったな。コーヒーを飲んだ後のカップをソーサーの皿にひっくり返して残った粉末の模様で占った記憶がある。あの時、私のコーヒー占いは星型の模様で旅行運がアップすると言われた。確かに、遠くまで『旅行』するという不思議な状況にはなったけど……

ミカエルさんが使用したコーヒーのフィルター、フランネルに残った豆カスを捨て、念入りにクリーンをして水に浸《つ》ける。

「お手入れが大変そうですね」

「確かに、掃除は手間がかかります。このフィルターも氷室《ひむろ》で保管をしなければなりません。お店の販売員にはカフィ道具の扱いを心得ている者がおりますので、ご安心ください」

「それなら、安心ですね」

ミカエルさんが全てのカフィ道具を片付け、ソファに腰をかける。

「実はこちらが開店するのと同時期におかしな偶然にもオーシャ商会から菓子店が出店する予定です。縁なのか策略なのか同時期に菓子に特化した専門店が二つ、並ぶことになります」

オーシャ商会……ソフトクッキーや、たこ焼きカヌレなオーシャ焼きを出しているところか。オーシャ焼き、また食べたい。

「お菓子屋が、他にも出店することは素晴らしいですね」

「ミリー様らしい意見ですね。オーシャ商会はアズール商会の傘下ですので汚い手を使ってくることはないと思いますが、クッキーの件で揉めましたので……慎重にいきましょう」

「そうですね。分かりました」

ミカエルさんはアイシングクッキーを登録した際に突っかかってきたロイを思い出しているのか、静かにため息をついた。私もできればロイさんとは衝突したくないな。ネチネチが凄《すご》そう。

「ミリー様、それから複層ガラスの件での相談なのですが……途中までは順調に進んでいたのですが、ボリスが悩んでるようなのです」

お店用に複層ガラスで作ったショーケースを、ギルドの魔道具技術者のボリスさんに依頼していた。

「そうですか。魔道具は詳しくはないのですが、お手伝いできることがあれば助力しますよ」

「それなら、この後はご予定がありますか？」

え？　今から？　少し驚きながらも返事をする。

「えーと……迎えが、六の鐘に来ます。それまででしたら大丈夫です」

「それなら、まだ時間がありますね。早速、ボリスの元へ向かいましょう」

◆

ミカエルさんの案内でボリスさんの研究室がある別館へ向かう。

（別館なんてあったんだね）

研究室は商業ギルド別館内の、歩いてすぐの距離にあった。

それにしても、この別館、やけに警備が多くない？　ミカエルさんはここに来るまでの間、何度も商業ギルド職員の身分証を警備員に提示していた。

「別館ではギルドの新商品開発が行われています。機密事項が多いので警備も多いです。こちらが、ボリスの研究所になります」

大きな扉の前で足を止めたミカエルさんが備えつけの赤いボタンを押すが、音は何もしない。

こんな赤いボタンは見たことがないけど……このボタン、もしかしてドアベルなの？

やや呆《あき》れ顔をするミカエルさんに尋ねる。

「このボタンはもしかしてベルですか？」

「よく分かりましたね。中で灯りが付き、音がする魔道具です……音がしているはずなのですけどね」

ベルの音は聞こえないと思ったら、ボリスさんの研究室は防音だという。

中から返事の気配が全くしない。ミカエルさんがもう一度ベルを鳴らし、しばらく待ったがこれにも返事はなかった。

ミカエルさんが微笑《ほほえ》みながら額に青筋を立てベルを何度も連打する。

「また、これですか……」

(ミカエルさん……)

それからベルを十回ほど鳴らしたところでガチャッとドアが開き、中から無精髭を生やしたボリスさんが顔を出した。記憶にあるボリスさんはタレ目顔のおっとりとした印象だったけど、やや疲れているようだ。お疲れ顔なのに、以前よりもさらに色気の増した雰囲気で首を傾《かし》げる。

「ミカエルさんと……ミリアナ様？　本日はどのようなご用件でしょうか？」

「ボリス、研究室にこもりきりで家にも帰っていませんよね？　奥方が心配され、毎日食べ物を届けていると聞きました。行き詰まっているようなのでミリー様をお連れしたんです」

「そ、そうですか。散らかっていますが……とりあえず、中へどうぞ」

「お、お邪魔します」

遠慮《えんりょ》気味に入ったボリスさんの研究室は、爺さんの執務室の三倍以上の広さだった。いろいろな機材や資料があちこちに散乱している。奥には別の研究員が二人いるが、こちらには見向きもせずに机に向かって作業をしている。

「あの二人は、私の弟子です。気にせずとも大丈夫です」

ボリスさんにソファに座るよう促されるが……これは、どこに座るのかな？　ソファの上には大量の紙の他に謎の棒が転がっている。

「ああ、申し訳ない。すぐ片付けるから、少し待ってください」

ボリスさんが急いでソファの片付けを始める。

ようやくソファに座ることができたので本題だ。ボリスさんが奥の部屋から作製途中のショーケースを運んでくる。

「凄《すご》い……」

思わず声が出てしまう。ショーケースの外観は、私の描いた絵の通りに忠実に仕上がっている。この国の技術でどこまで再現が可能なのか分からなかったので、思いつく限りの形のショーケースの絵を提供したが……日の前のこれは、日本のケーキ屋さんなんかでもよく見る対面型の冷蔵ショーケースだ。ボリスさんやるな。あれ？　でも、何に悩んでいるのだろう？　ボリスさんに尋ねる。

「ボリスさん、外観はとても素晴らしいです。問題は何でしょうか？」

「複層ガラスの部分です。複層にすること自体には問題はないのですが、隙間部分に結露ができてしまうんです」

「中を見せていただけますか？」

二枚のガラスの間には空間を確保するための金属器具のスペーサーがあり、その下には水抜きの穴と余分な水が通る通路もきちんとあった。

「ボリスさん、この金属にはなにか仕組みがありますか？」

「いいえ。何もない、ただの金属です。二つのガラスの間隔を均等にして固定するために入れています」

前世のコンビニなどでは確か電気を流して外側のガラスを温め結露を防止していた。ここでも魔石があるから、可能かもしれない。だけど、今からそれを研究していると菓子店リサのオープンに間に合わない。この構造だったら必要なのはきっとアレだと思う。

「湿気を吸い取る物が必要ですね。金属の中に乾燥剤……水気を吸い取る物があったほうがいいですね」

「水を吸い取る物……風魔法の魔石か？　いや、それだとコストがかかる。吸湿性のあるものは一応あるが……水との相性が悪い」

ぶつぶつと呟くボリスさんが白い小石がたくさん入った袋を持ってくる。

これは、生石灰か？　この辺に貝はないけど、石灰岩が取れる地域が近くにあるのかもしれない。

生石灰は前世のお菓子の乾燥材などにも使われていたけど……水に触れると熱くなるし膨張する。

これを使うのは危険だと思う。

「残念ですが……これはダメです。おっしゃる通り水と合わないなら危険だと思います」

前世には紐を引っ張って温まるお弁当があり、なぜ温まるのか気になってお弁当箱を破壊——研究したことがあった。そしたら弁当の下部分に生石灰と水袋が入っていたんだよね。

危険性を確認するために試しに生石灰を安全な箱に入れ水魔法で水をかけてみると、少しして少量の煙が上がり生石灰が熱くなる。

ミカエルさんが生石灰の近くに手を翳《かざ》し、眉を顰《ひそ》める。

「熱くなっていますね。これは却下です。他に使える物はありますか？」

「吸湿力がある素材……うーむ。それだったらアレか、いやいや、アレも同じだ。それなら――」

あー、またボリスワールドに入っていったよ。もう私とミカエルさんの存在はボリスさんの中で微塵も形跡なく消え散ったね。

「ミリー様、もうボリスは大丈夫でしょう。この状態になった彼を引き戻すのは大変なので、今日はもう戻りましょう」

ブツブツ言うボリスさんを放置して、ミカエルさんと研究所のドアへ向かう。弟子の二人も先程と同じ位置から動いていない。これはボリスさんの奥さんも心配で食事を持ってくるわけだ。

急にバサバサと音が聞こえると、カラスのような黒い鳥が窓辺から研究室の中に入ろうとするのが見えた。すぐにボリスさんの弟子が視線を机から外さず、バシッと黒い鳥がとまろうとする窓枠の辺りを棒で叩く。黒い鳥は逃げるように空に羽ばたいていった。

(あの棒はこのための物か！)

無言で窓辺を見つめ、ミカエルさんに声をかける。

「……ボリスさんもお弟子さんも、研究熱心ですね」

「周りが見えなくなると心配していましたが……大丈夫そうですね。それに、ボリスはいつも素晴らしい成果を出します」

ミカエルさんはそう言うとジッと私を見つめた。

「何か他にありましたか？」

「はい、ミリー様は先程の小石のことをご存じだったのですか？」

あ、そういえば熱くなった生石灰に驚きもせずに普通にしてた。誤魔化そう。

「え？　はい。木工屋で前にお話を聞いたことがあったので……」

「そうですか……」

変な間が流れたので話を逸らそうとしたが、その前にミカエルさんが研究室のドアを開けながら言う。

「ミリー様。私はこの後にいくつか執務があります。応接室でお茶を飲みながら、お迎えを待ちますか？」

一人でティータイムもいいのだけど、数時間のロンリータイムを過ごすよりも気になっていたミカエルさんの業務を見学したい。

「一応、商業ギルドの見習いということになっているので、今日はミカエルさんについて行ってもいいですか？」

「構いませんよ。では、行きましょうか。ジェームズ」

ミカエルさんが私の見習い用の偽名で呼びかけたので、元気よく返事をする。

「はい！」

◆

　ミカエルさんについて商業ギルドの中を移動すれば、行く先々で声をかけられる。

「ミカエルさん、この前は助言をありがとうございました。おかげで、商売がスムーズになりました」

「いえいえ。上手くいって、よかったです」

　声をかけられたのはこれで三人目だ。ミカエルさんは人気者だね。でも、挨拶をされる度に立ち止まってしまう。これではいつまでたっても自分の仕事ができない。何度も呼び止められて業務が遅れても、ミカエルさんは全ての人に穏やかな対応をし続けていた。

　ようやくミカエルさんの執務室に到着する。ここまでくるのに結構時間がかかった。ミカエルさんは爺さんのもう一人の部下と相部屋らしいけど、もう一人の姿は見えない。部屋の中は殺風景で必要最低限の家具があるだけだ。

　キョロキョロしているとミカエルさんが苦笑いをする。

「こちらの部屋には、お客様をお通しすることはありません。何もなくてつまらないですよね」

「そんなことないですよ」

「目を通さないといけない書類がありますので、ミリー様はこちら、私の隣の席に座ってお待ちください。お茶をお出ししましょうか？」

「お茶は大丈夫です。お気遣いをありがとうございます」

ミカエルさんの隣の席はどうやら同僚の席のようだ。

机の上には小さな押し花のしおりが飾《かざ》ってあった。この席の主であるもう一人の部下の名前はなんだったかな……何度か服を着替えるのを手伝ってもらった二十代半ばの女性だ。若いのに爺さんの直属の部下を務めるのはやはり優秀だからだろう。

席に座り、隣で執務を始めたミカエルさんを眺《なが》める。

（ミカエルさん、綺麗に机を整理してるなぁ）


特にやることもなく暇なので、お絵かき用にもらった紙で折り鶴を折る。少しして完成した折り鶴は、まぁ普通の鶴だな。

鶴を手で飛ばしながら小さく呟く。

「ピヨピヨ」

あれ？　鶴ってどう鳴くの？　カァーはカラスで……あ、そうだった！

「クエェエ」

「ミリー様！　どうされましたか？」

「すみません。なんでもないです。気にしないでください」

つい、大きな声を出してしまった。これ以上ミカエルさんの邪魔はしたくないので大人しく折り紙に没頭する。

普通の鶴だけでは面白くないので、祝い鶴や足のある鶴を折る。足がある鶴はカエルっぽい。調子に乗って、九万里《くまんり》の大鶴も折る。風魔法をハサミのように使い完成！　これは大作だ。九万里は大鶴の両翼の先に小さな鶴が乗った連鶴だ。良い出来に口角を上げる。

（手先はそれなりに器用なはずなのに、なんで未だに裁縫や刺繍は不器用なのだろうか……）

鶴はもうレパートリー切れなので、次はカニだ。幼児用の可愛いカニではなく、立体感ある足八本のやつだ。途中までは鶴と折り方が似てるから楽勝だね。ハサミで切らないといけない部分はまたこっそりと風魔法を使う。

完成したけど……何匹作っても白い紙だからか、今一つカニという感じではない。強いて言えば、白い蜘蛛に見える。あ！　そうだ。白なら、迎えに来てくれるガレルさんにプレゼントするためにあれを折ろう。あれも途中までは鶴と同じだしね。

黙々と折り紙の作業をしてたら、仕事を終えたミカエルさんに声をかけられる。

「ミリー様、こちらは終了しましたが……それは鳥ですか？　よくできてますね。紙で作られたのですか？」

ヒィ。ミカエルさんの目がまたギラギラしている。なんでも商品にしなくていいから。

「お父さんとお母さんに見せたいので、これはダメです」

「そうですか。残念です」

「でも、この鳥だったらミカエルさんにあげます」

ミカエルさんに普通に折った鶴をあげると、目を細めながらそのまま胸ポケットに飾《かざ》ってくれた。

次回見る時には鶴にリボンが付いて可愛くされていそうだ。

「大切にしますね。そろそろ、お迎えが来る時間です」

「そうですね。ガレルさんを待たせるのも悪いので、急ぎます」

完成品の鶴やカニをポシェットに入れる。最近、猫の財布から物を落とす事件があったのでマリッサに肩掛けのポシェットを作ってもらった。まだ刺繍とかは施していないけど、後で猫の刺繍をしてもらう予定だ。自分で刺繍？　妖怪が誕生しそうなので却下だ。

ミカエルさんに商業ギルドの入り口まで送ってもらう。

「あ、ガレルさんだ。ミカエルさん今日はありがとうございました」

「気をつけてお帰りください」

ミカエルさんに手を振り、ガレルさんと商業ギルドを後にする。

「ガレルさん、今日もお迎えありがとうございます。今日は特別に凄《すご》いの作りました！」

「気にするな。また菓子か？」

「違います。これです」

差し出した手に折り紙を乗せると、ガレルさんが目を見開き大声を上げた。

「アクラブ！」

折り紙を地面に叩きつけ踏み潰そうとするガレルさんを止める。

「待って待って。ガレルさん！　違うの。これ紙なの！」

「紙？」

「そうそう。ほら、見て。手に乗せても動かないでしょう?」

手に乗せたサソリの折り紙をガレルさんに見せると、不思議そうにサソリを触った。

「紙……そうか。驚いた。なんのためにこれを?」

「ガレルさんの国にも、もしかしたらいるかなって」

「……いる。でも猛毒。危ない。見たら踏み潰す」

砂の国ではサソリはたまに家の中にも入ってくるそうで、出かける前は靴の中など毎回確認するそうだ。完全に害虫扱いだ。

「驚かせてごめんなさい。他の折り紙もあるよ。この、鳥はどう?」

「アクラブがいい。ラジェにも見せたい。よくできている」

「えへへ。褒めてくれて、ありがとうございます」

ガレルさんが本物のサソリだと思ってびっくりした顔を思い出し、クスッと笑う。

「どうした?」

「いえいえ、早く帰りましょう!」

仲良く二人で並んで帰る。ガレルさんのポケットからはチラリと白いサソリの折り紙が見えた。

ミカエルさんの執務室にて

洞察力、発想力、行動力の全てにおいて自分の知っている子供とは違うとミカエルはミリアナの後ろ姿を見送りながら思った。

(傍から見れば普通の子供なのだが……ミリー様は才能の塊だ)

特に今日の魔道具への理解力、血が繋《つな》がっていなくとも魔道具で有名なエードラー・スパークを彷彿とさせる。だがその反面、ミリアナの鳥の物まねなどをする姿は子供のようで可愛らしかったとミカエルは笑みを浮かべ執務室へと戻る。

「ハンナさん、戻っていましたか」

「ミカエルさん、お疲れ様です。先ほど戻りました……」

部屋を共有するミカエルの同僚ハンナがやや疲れた顔で笑う。

「そういえば、今日は西のギルドでの会議でしたね。大変だったのでは？」

ミカエルが問うとハンナはため息をつきながら答える。

「はい……西のギルド長は融通が利きません。今回は特に出店する菓子の専門店という新しい試みが二店舗とも東から出ることを嫌味たっぷりにグチグチと文句を言われました」

「今まで菓子店専門を考えた人はいると思いますが、実行に移したのは私たち東ギルドの二商会だけですからね」

今回菓子店を出店するペーパーダミー商会とオーシャ商会はどちらとも東商業ギルドの管轄なのが西のギルド長は許せないのだろうとミカエルは呆《あき》れながら鼻で笑う。

「あの方はうちのギルド長に個人的に執着があるので気をつけてください」

「はい。西のギルドでも菓子店を出すと豪語していましたので、ミカエルさんも気をつけてください」

「新しい菓子店ですか……真っ当に勝負してくるのか見ものですね。こちらは何かされても万全に対策しているので大丈夫でしょう」

(根掘り葉掘りこちらの動向を探っているとは思っていたが……)

西のギルド長は人の考案を盗むのが得意だが、今回はこざかしい探りだけでは通用しないだろうとミカエルが冷ややかに笑った顔にハンナが頷《うなず》きながら尋ねる。

「でも、あの感じは料理人の引き抜きとか堂々とやってきそうですよ。念のためにオーシャ商会にも調理人の契約を見直しさせたほうがいいかもしれないですね。声をかけますか?」

「オーシャ商会はこちらに委託していませんので強制はできませんが……アズール商会の会頭に助言しておきます」

ロイが会頭であるアズール商会はオーシャ商会の親商会であり、オーシャ商会の菓子店の経営はほぼロイの手腕によるものだということは多くの商人の共通認識であった。

早速ミカエルがアズール商会に西の商業ギルドの動きについて忠告する一筆を書き始めると、傍にいたハンナが叫びながら飛び上がった。

「きゃあああああああ。虫虫虫。とってとってとって！」

パニックに陥るハンナをミカエルが宥《なだ》める。

「ハンナさん！　落ち着いて。退治しますから。虫はどこですか？」

「椅子の下！　椅子の下！」

ミカエルが丸めた紙を片手にハンナの椅子の下を覗《のぞ》き、笑い出す。

「ハンナさん、虫ではないので安心してください。これは紙です。本日、ここでミリー様が紙遊びをしていた残りでしょう。ほら、この鳥も紙でできています」

ミカエルが胸元に挿したミリアナ作の鶴の折り紙をハンナに見せる。紙だと知ってホッとしたハンナが尋ねる。

「紙遊びですか……落ちているのはそれと形が違いますが、あれも鳥ですか？」

ミカエルが椅子の下の折り紙を拾い、躊躇しながら答える。

「白い蜘蛛……ですかね？」

「やっぱり虫じゃないですか！」

トマトとイタズラ

いつもよりかなり早く起き、掃除でもしようかと猫亭の厨房へと下りると、暗い厨房にジョーが立っていた。

「お父さん、おはよう！」

「ミリー、今日はえらく早いな」

ん？　この厨房に充満する青葉のような匂いはなんだろう。匂いを辿れば、トマトがいっぱいに入ったカゴが数個あった。

「あれ、この大量のトマトは何？」

「今まで、冬場は市販の瓶《びん》詰めトマトを使ってたんだが、去年から使う量が多くてな。今年は自分でトマトの瓶《びん》詰めを作ろうと思ってる」

「そうなんだ」

確かに去年、トマトベースのレシピを大量に出した覚えがある。トマトソースパスタ、ラザニア、ケチャップなどだ。

トマトの独特な香りが倍増して厨房に充満する。トマトの匂いは好きだけど、朝からこれだけのトマト臭を浴びるのはつらい。少しだけ避難しようと回れ右したら、その前にジョーに止められる。

「こらっ。ミリー、どこへ行こうとしてるんだ？　こっちのトマトは湯むきして水に浸《つ》けているから、皮むきよろしくな」

「窓だけでも全開にしていい？」

「そこまでか？　カレーの臭いに比べたら大したことないと思うがな」

笑いながらガラッと厨房の窓を全て開けたジョーに、茹でたてトマトが水に浸かったボウルをいくつかカウンターに並べられる。この細長い種類のトマトはこの国では一般的なものだ。風魔法を使い、こっそりトマト臭を窓から外へ流す。

(匂いも大丈夫になったし、早速皮をむくか……)

手をクリーンして水に浸《つ》けてあったトマトを取る。

……ぬるい。氷魔法を使いトマトたちを冷やす。

指を滑らせるとツルツルとトマトの皮がむけて気持ちいい。へへへ。

そういえば、トマトは野菜なのか果物なのかって地球の各国で論争されてたよね。

個人的にはトマトって茄子の仲間だから野菜だと思っているけど……国によっては、果物の部類に入っている。確か、野菜の税金を払いたくないがために、トマトが果物だと認めろと誰かが言い出したトマト裁判とかいうのもどこかの国であったよね。ずる賢い。

結局、その裁判では野菜っていう判決が出たらしいけど、実際の所、植物学的にいうと果物に分類されるらしい。なんとも言えない争いだ。

「ミリー、トマトの皮は捨てるぞ」

「あ！　待って。それで作りたいものがあるの」

「これでか？　全部いるのか？」

「んー、全部はいらないかな」

トマトの皮の湿気を取り、並べて塩を振る。オーブンの中心には入れず、温度の低い入り口に置く。んー、場所が足りない。この量だと、全部を乾燥させるのに数時間くらいかかりそう……

乾燥トマトの皮で作るのは、トマトソルトだ。甘じょっぱいこの塩はトマト料理にはもちろん、フライドポテトなんかにかけても美味しい。考えただけで、お腹が空く！

ジョーが大量のガラス瓶《びん》が入った箱を厨房へ持ってくる。

「次は瓶《びん》詰めだ。その前に瓶《びん》を熱湯に入れるぞ。コルクもだ」

この世界でもずっと昔から、瓶《びん》詰めは行われてきたという。クリーンを使えばいいのにと思ったけど、やはりクリーンだけでは腐る瓶《びん》が出るらしい。スクリューキャップはないので、蓋はコルクに蝋《ろう》をかけたものになる。これは、なんの蝋《ろう》だろうか？　動物蝋《どうぶつろう》や蜜蝋《みつろう》にしてはなんか違うような手触りだ。もしかして、鯨蝋《くじらろう》？　この世界、鯨がいるのかな？

「お父さん、これは何？」

「キラービーの蝋《ろう》だ」

予想は全てハズレ、正解は魔物でした～。

この蝋《ろう》はキラービーの分泌液で作られた巣から採取できるらしい。一応、蜂なんだね。残念ながら、キラービーの蜂蜜《みつ》は不味くて食べられたものではないという。

「値段が高いんじゃないの？」

「蝋《ろう》の中では一番安いはずだ。一度に採れる量も多いしな。キラービーが凶暴化して中々採取できない年もあるから、その年は値が張るがな。冒険者の力量次第ってとこか？　冬前はやつらが移動で巣を捨てていくらしいから、冬場の蝋燭《ろう》はお手頃で助かるがな」

その他にも木材や皮製品に使うワックスなどに使われているという。お手ごろな価格なら蜜蝋《みつろう》でクレヨンとか作れそう。

オーシャ商会のカヌレ風オーシャ焼きには使われていなかったけど、カヌレに蜜蝋《みつろう》を塗《ぬ》るのが伝統的な作り方だったはず。表面が艶々で、カリッとした食感に仕上がるそうだ。考えただけでヨダレが出てしまう。

あー、でも密が不味いなら蜜蝋《みつろう》も食料としては使えないかもしれない……

それにしても凶暴化か……聞いている話では凶暴じゃない魔物はいなさそう。攻撃的なスズメバチと似た感じかな？　蝋燭《ろう》は王都市民の普段の家庭でも重宝されている。普通の人は、魔法のライトを出し続けられるほど魔力が保てないし、魔道具は高価なものだ。

「蜂蜜《みつ》が美味しければいいのにね」

「一応言っておくが、森でキラービーが出る場所には行かないだろうが……見たら全速力で逃げろよ。やつらは水を嫌うからな、水のある場所に行け。小さい動物や子供は襲われて連れ去られる時があるからな」

「ん？　連れ去られるって何？」

ジョー曰く、キラービーの体長は以前お祝いの席に出た大きな鳥のコカリスと同じくらいらしい。何それ……スズメバチとかの次元じゃない。キラービー、怖い怖い。

「そんな顔をするな。王都の近くの森で現れたことはないから大丈夫だ」

キラービーの生息地が高地だと聞き、一安心したところで煮沸《しゃふつ》消毒の終わった瓶《びん》にトマトを詰めて熱した塩水を入れる。最後はコルクで栓をして蝋《ろう》で閉じる。

完成したトマトの瓶《びん》詰めたちを並べ、額の汗を拭く。

「できた！　それにしても凄《すご》い量だね。あれ？　ここにまだたくさんトマトが余っているよ」

「それは、今日の夜に食堂で出そうと思ってたやつだ。サミコ酢とトマトがよく合うんだよ」

サミコ酢はジョーと共に作ったバルサミコ酢もどきのものだ。さすがジョーだ。トマトはきっとサミコ酢と合う。ジョーはサミコ酢と出会ってからずっとハマっている。最近は、トマトにオリーブオイルとサミコ酢をかけてカッテージチーズをまぶした一品を食堂の裏メニューとして出しているらしい。

「この量のトマトをサミコ酢だけで使い切れるの？」

「まぁ、買いすぎたな」

「じゃあ、私も作りたいものがある。トマトソルトもそれに使えるよ」

トマトならブルスケッタを作ろう！

ジョーが恐る恐る尋ねる。

「菓子か？」

「お酒に合うおつまみだよ」

「それはいいな」

ジョーが嬉しそうに笑う。菓子店のお菓子の試作などで甘い物ばかりを作る苦悩の日々からジョーはまだ復活していないようだ。

ブルスケッタならジョーも絶対気に入る一品のはずだ。カサカサと台所を漁るが、ハーブの材料が足りない。うん。もう聞いているだろうし、薬屋へ行こう！

「足りないものがあるから買い物に行ってくるね」

「……ジゼルのとこじゃねぇよな？」

「そんなこと……ないよ。お父様」

訝《いぶか》し気に尋ねるジョーにニッコリと微笑《ほほえ》みダッシュをして厨房を去る。

「おい、ミリー！」

「行ってきまーす！」

ジョーの制止を無視して猫亭を飛び出し薬屋へとやってきた。バジルを手に入れるためだ。ゴードンさんは森へ薬草を採りに行くことが多いけど、バジルなどの基本の薬草は裏庭で栽培している。

店番をしていたゴードンさんに挨拶をする。

「おはようございます！」

「おや。ミリーちゃんじゃないか。久しぶりだね。マイクならジゼルと早朝から森へ出かけてるよ」

「実は今日はバジルを分けていただきたくて……」

ゴードンさんが心配そうに尋ねる。

「誰か咳が酷いのかい？」

「いえ、料理に使うためです」

「ははは。ジゼルが言っていたな。薬草について奇妙な使い方すると。料理だったら新鮮なのがいいだろう。裏庭にあるからついておいで」

ゴードンさんに裏庭へと案内される。前に訪れた時より全体的に生い茂っていて、まるで小さな森だ。

庭の中でも綺麗に咲く紫陽花が一際目立つ。雨季に咲くと思っていたけど、この時期に満開だ。とても丁寧に手入れがされてあるのが分かる。

「その花は解毒剤にもなるがジゼルの好きな花でね。ほとんど観賞用だ」

「綺麗ですね」

ゴードンさんが優しく笑い、バジルを取り分ける。

「一房で足りるかい？」

「はい。十分です」

ゴードンさんにバジルの代金を払い、猫亭へ戻ると食堂ではラジェとマルクがテーブルを拭き、厨房ではジョーとガレルさんが朝食の準備をしていた。

「ミリーちゃん、おはよう」

ラジェとマルクが声を合わせ挨拶する。

「おはよう」

「ミリー、戻ったか。朝食はソーセージとトマトのスープにパンと卵だ」

ジョーから渡された朝食を三人で並んで食べ、今日も大賑《にぎ》わいの朝食の客をマルクと捌く。朝食の片付けが終わるとジョーからトマトの皮の載ったトレーを渡される。トマトの皮はよい具合に乾燥したね。

「これをどうすんだ？」

「じゃあ、早速トマトソルトを作ろう！　お父さん、ゴリゴリの時間だよ」

「ゴリゴリか。分かった」

ゴリゴリとジョーが杵と臼で乾燥したトマトの皮を砕いていく。トマトソルトの完成だ。

「赤っぽい塩になったな。少し粗めだが、これで完成なのか？」

「うん。シンプルにトマーにかけて――はい！　お父さん、食べてみて」

生トマトに軽くトマトソルトをかけたものをジョーに差し出す。トマトを一口食べたジョーが頷《うなず》きながら言う。

「おお、甘みが増したぞ」

「美味しいでしょ？」

「ああ、これはいいな」

ジョーも太鼓判のトマトソルトが完成したので、次に作るのはブルスケッタだ。丁度時間の経ったバゲットもあったしね。バゲットといっても丸い形のカンパーニュに近く、硬い外皮にサクサクの中身で、もちっとはしていない。だから通常、このパンはシチューなどにつけて柔らかくして食べる。でも、ブルスケッタを作るのにはいい感じのパンだと思う。

早速パンを切るが——くっ。私の力とこの包丁じゃ切れない。今度、鍛冶屋でパン切り包丁でも作ってもらおうかな……

「ミリー、ひっくり返して後ろから包丁を入れろ」

結局、パンはジョーに全部切ってもらった。

適度に薄くスライスしたパンにオリーブオイルを塗《ぬ》り、オーブンで焼く。焼き上がったら、今度はガーリックをパンに塗《ぬ》りトマトソルトをかける。

「トマトはこの大きさでいいか？」

「うんうん。それでトマトとバジルをオリーブオイルとサミコ酢で和《あ》えて、パンの上に置いたら完成だよ」

「見栄えが良いな」

モッツァレラチーズ欲しいな。ミルクを固めるレンネットがなくても、カッテージチーズと同じでミルクと酢でできたよね？　元々は水牛の乳からできたのがモッツァレラチーズだけど、この国に水牛っているのかな？　まぁ、こちらのミルクは普通に使えるから問題ない。この国にもチーズはあるのだけど、レンネットはやっぱり前世と同じで子牛の胃袋を使用しているのかな？

フレッシュチーズは売ってないが、ハードタイプのチーズはミルクを販売しているお店でよく見かける。チーズは丸く、どれも大きい。猫亭でも丸一個を購入している。

丁度、ランチのパスタ用にカウンターに出ていた大きなハードチーズを削っているガレルさんを眺《なが》めているとジョーが尋ねる。

「なんだ？　チーズをそんなに見て。トマトにかけたいのか？　カッテージチーズのほうがいいだろ？」

「そうだね。さすがお父さん。カッテージチーズもかけよう」

カッテージチーズは以前ラザニアを作った時にミルクと酢で作っていた。ジョーはそれから時折カッテージチーズを作っているので、慣れた手つきであっという間に白く美味しそうなフレッシュチーズができる。

赤いトマトに白いチーズが映える夏のおつまみにぴったりの色合いのブルスケッタが完成する。これを見るとワインが飲みたくなる……この国での成人は十六歳だが、その前からお酒を嗜《たしな》む人は多いらしい。さすがに七歳で酒を飲むのは早すぎるけど……

ブルスケッタをサクッと一口食べる。ガーリックの香ばしさ、トマトの甘さにバジルが香る。よい塩梅だ。ブルスケッタを食いながらジョーがニヤニヤと笑う。

「ミリー、また酒に合う物を作ったな」

「えへへ」

「ガレルもこれ食ってみろ」

パスタの準備をしていたガレルさんが手を止めブルスケッタの匂いを嗅《か》ぐと、大きな一口で全てを食べ咀嚼《そしゃく》して飲み込む。

「これは、美味い！　混ぜている薬草、この使い方、初めて」

「美味しいでしょう？　パンは、あそこに置いてあった古くなったやつを使ったんだよ」

「ミリー嬢ちゃん、凄《すご》いな」

「えへへ。ガレルさんには特別にもう一つあげるね」

褒められたので嬉しくなってガレルさんにブルスケッタを渡すと、ジョーが拗《す》ねたように言う。

「ミリー、父さんのは？」

「お父さんは、もう五個も食べたでしょ！」

「美味すぎてな、つい」

その後、トマトのブルスケッタは猫亭の夏の裏メニューになった。ジョーはトマト以外にも、ハムと野菜やベーコンとナツメヤシのブルスケッタなどを作った。

一時、まかないの夕食が毎日ブルスケッタになりみんなは美味しく食べてたが、ジークには不評だった。生のトマトはジークにはまだ大人の味だったのかな？　ケチャップを食べた時は平気だったのにね。

◆

ブルスケッタが裏メニューになった数日後。

今日はマイク、ラジェ、それからマルクとともにたくさん遊んだので少し疲れた。夜の勉強を一緒にしていたラジェとマルクは睡魔に負け、仲良くソファで眠っている。軽く欠伸《あくび》をするとマリッサに声をかけられる。

「ミリー、もう寝るの？」

「うん。お母さんは？」

「もう少し繕《つくろ》い物をしたら寝るわ。夏はいつまでも明るいから、夜の営業も長くなっているみたいね。マルクとラジェはいつの間にか眠ったのね」

二人に薄手のブランケットをかけるとラジェのポケットからサソリの折り紙が見えた。数日前にガレルさんからサソリを見せられたラジェは、その折り方を尋ねてきた。

折り紙の楽しさを教えるためにラジェにサソリの折り方を教えたつもりだったけど……ラジェは、たまに魔法で作った砂山の中からサソリの折り紙を覗《のぞ》かせてガレルさんにイタズラをしているらしい。

実は今日、やんわりとガレルさんから苦情を言われた。

部屋の扉を閉めて再び欠伸《あくび》をする。

「さて、今日はどうやって魔力を消費するかな」

そういえば、古代エジプトで頭にサソリが乗った女神がいたよね。前世のエジプト展で初めて見た時は、頭にどんとサソリが乗った女神に結構びっくりした。確か猫の顔の女神もいた。魔力の消費の多い砂魔法でサソリと猫の女神を作る。

頭にサソリが乗った女神と猫フェイスの女神が完成するが……どちらも体型が魅力的すぎる。もっとスレンダーなイメージで作ったはずなのに。よし、削ごう。

シャカシャカと砂の形を風魔法で整える。

「あれ？　今度はまな板みたいになってしまった……」

もっとこう、リンゴくらいの膨らみを出したい。モコモコと砂を追加すれば——完成！　いい感じだ。

古代エジプトと言えば、クレオパトラだよね。次はクレオパトラの制作に取りかかる。

絶世の美人と謳われているけど、実際はどんな顔だったのだろう。とりあえず、彫りの深い美人を作ってみる。なかなかの美人な仕上がりに満足する。

主役は揃《そろ》ったので、三人とお茶会を開く。茶会の客人は女神の二人とクレオパトラだ。砂魔法で豪華なテーブルとお菓子を並べる。砂魔法で作った物なので食べることができないのが残念だ。

「カエサル！　お茶を持ってきて！」

クレオパトラと恋に落ちたカエサルの像も以前一度見たことがあった。とはいえあんまり覚えていないから、急遽《きゅうきょ》砂魔法で作ったカエサルは前髪短めで彫りが深い皺《しわ》増しの男性にした。彼には執事役をやってもらう。

うーん。これくらいの魔法量じゃ全然魔力が減らない。とりあえず、全員の頭の上にライトで天使の輪をつける。わぁ……一際サソリが神々しくなった。

魔力もまだまだあるし、砂で作ったお菓子を消して卓上に立体マップを作る。今からやるのはウォーシミュレーションだ。

地図の北にローマ兵を配置、南にはエジプト兵を置く。

ローマ兵は騎士、歩兵、騎兵を砂魔法と水魔法で練り上げる。エジプト兵は歩兵、馬に引かれた古代の戦車に弓兵を乗せた。それぞれの兵士の大きさはチェスの駒ほどだ。細かい作業は、結構魔力を消費する。

さぁ！　戦争の時間だ。

戦い方はもちろんトマトの投げ合いだ。水魔法と土魔法で作った小さなトマトを兵士に装備して投げ合いを開始する。

天国と地獄の曲を口ずさみながら、トマトを投げる兵士たちを眺《なが》める。トマト弾に当たった駒の兵士はすぐにボロッと崩れ倒れる。

戦車に乗った弓兵のおかげでエジプト軍がやや優勢だ。ローマ軍をテストゥド戦術、歩兵集団が密集して盾を前と上に掲げつつ移動する戦術で前進させる。歩兵集団はエジプト兵からトマトの集中攻撃を受けるが崩れることなく耐えている。

（あー、そろそろ本気で眠たくなってきた）

そろそろ、このトマト投げ争いをやめさせよう。砂魔法でドラゴンを出し、無数のトマトブレスを兵士たちの頭上から放つと、全てがボロボロに崩れ戦争は終結した。

地図の上でボロボロになった兵たちの転がった残骸《ざんがい》をしばらく眺《なが》め……ハッと我に返り散らかった砂を消しながら片付ける。うん。さっさと寝よう。

「クレオパトラたちもお休み～」

クレオパトラたちに手を振りながら消すと、白魔法を連打してすぐにベッドへ倒れ込む。

◆

数日後、ランチを食べ終え上機嫌で皿を洗っているとガレルさんの足元に玉ねぎの皮が転がっているのを発見する。

「ガレルさん、足元に――」

ビクッと身体を揺らしサッとサッと足元を見るガレルさんがホッとしながら言う。

「なんだ、玉ねぎの皮か」

ラジェのイタズラは効いているようだ。確かに玉ねぎの皮がサソリに見えないことはないけど……

「慣れていてもサソリは驚くものなんですね」

「ネズミ、目の前に急に現れたら驚く。同じ」

「ああ、確かに驚きますね」

断言しよう。猫亭にネズミはおりません！

でも、ラジェも意外に子供っぽい一面があるんだね。ん？　そりゃ子供だからそうか。大人びて見えるがラジェは六歳の子供だ。

声に出して軽く笑えば、ジロリとガレルさんからジト目をくらう。

「困っている」

「ラジェと面と向かって話せば大丈夫ですよ」

「うむ、でもラジェが楽しいの、嬉しい」

ああ、そうか。ガレルさんは砂の国ではつらい環境にいたラジェが、イタズラをしながら普通の子供のようにはしゃいでいるのが嬉しいんだ。でもその反面、イタズラ自体には困っていて止めさせたいという気持ちもあるのか。

正直私のサソリ折り紙が発端なので、罪悪感はある。

「私に任せてください。やめさせることができると思います」

「大丈夫なのか？」

「まぁ、考えはありますよ」

「そうか……分かった」

ラジェに本物のイタズラを見せてやろう。グフフと一人笑いながら厨房を後にする。

その日の夕方、ラジェが三階に一人でいるところを狙う。

いたいた。一人で椅子に上りモソモソと何かをドアに仕かけたラジェが、口角を上げていた。見れば部屋のドアの上にたくさんのサソリの折り紙を入れた砂の袋を仕かけていたラジェがいた。

(あんな量の紙をどこから——あ、あれは薬包紙だ)

ドアの前にガレルさんが立ったら袋を割ってサソリを落とす作戦か。

——ラジェ、現行犯です。

さて、砂魔法で砂を生み出し、サラサラと地面に落とす。

そうして創り出した砂を、満足そうに自分の仕かけたサソリ砂袋を見上げるラジェの背後へと向かわせ、ラジェに見つからないようにゆっくりとサメを形成していく。

前回はびっくりしたラジェの砂槍攻撃でサメがめった刺しにされたけど、今日はちゃんと水のプロテクションで守っているから大丈夫だ。前回同様サメは大口で歯がむき出しのスタイルだ。形成が終わり、サメ映画のテーマソングを小声で歌う音を風魔法に乗せてラジェへ送る。

歌に釣られ振り向いたラジェの悲鳴が聞こえる。

「ぎゃあああああ」

声を押し殺して笑っていると、ドアが壊れて落ちる音がした。あ……

急いで駆け寄ると辺りには散乱した砂と折り紙のサソリ、それから金具の蝶番が壊れ床に倒れたドアがあった。

ラジェはサメに驚いたあまり大量の砂を出してしまい、その勢いでドアを押し倒してしまったようだった。怪我はないようでよかった……倒したドアの上で腰を抜かしていたラジェに手を差し伸べる。

「ミリーちゃん……？」

「ごめん。やりすぎた……」

マリッサの声が聞こえたのでサメを急いで消す。ラジェも砂を急いで消し、辺りには大量のサソリの折り紙と、部屋の中に倒れたドアだけが残った。

「さっきのは一体なんの音なの！」

現場にやってきたマリッサが辺りを見回して目を見開く。あ、状況を説明しないと――

「お母さん――」

「なにこれ！　む、虫なの？　きゃあああああ」

その後、ドアはちゃんと直ったけど、ラジェと私はこってりマリッサに怒られ、次にガレルさんに怒られ、最後にジョーに怒られた。

はい。反省しています。

リフォーム終了

今日はリフォームが終了した菓子店リサの確認をする日だ。

「ジェームズ、こちらに」

「はい、ミカエルさん」

ミカエルさんに続き馬車を降りると以前とは全く違う店があった。

あの色落ちしたアイボリー一色の外観だった建物とは思えないほどに見栄えがよくなっている。

シンプルな木目調に統一した壁に窓枠はミントグリーンが映えている。色のチョイスは当たりだったね。ドアの横には、水色のシェル型の壁面看板に白色の落ち着いた筆記体のような字で『菓子店リサ』と書かれてあった。外装は想像していたより良い仕上がりだと思う。

扉を開け、お店の中に入る。

（あれ？　こんなに広くてオープンな感じだったかな？）

以前あったカウンターは完全に撤去された店内は覚えていたよりも広い。あのカウンター、結構場所を取っていたのか。

厨房から出てきた大工のリーさんが挨拶する。

「ミリー様、お久しぶりです」

「おはようございます。看板、希望通りの物をありがとうございます」

「気に入っていただけてよかったです。内装もご確認お願いします」

リーさんは丁寧にリフォームした場所を説明する。相変わらず小柄だけど、魅力的なメリハリのあるボディだ。

「表の床はご希望通り全て張り替えました」

「希望通りの色でうれしいです」

新しく張り替えられた床のナチュラルな木目の色がいい感じだ。

ショーケースはまだ届いてない。ミカエルさんによると、あの日、複層のガラスの結露を取り除くヒントを得たボリスさんは数日こもって一気にショーケースを完成させたらしい。今週中には届くそうだ。結局、ショーケースに必要な乾燥剤には木の魔物の樹皮を使ったそうだ。その魔物は、木の根で捕らえた動物などの血や水分を全て吸収するらしい。魔物は植物まで凶暴だ！

冷蔵の必要がない菓子を置く棚やテーブルはすでに設置されている。ショーケースが揃《そろ》えば、なかなかオシャレな雰囲気になりそうだ。

ダイニングエリアの壁はミントグリーンと白だ。淡い色合いが丁度いい。このミントグリーンの色は何から作っているのかな。

「淡い緑が綺麗ですね。これはどうやって作るのですか？」

「ジャイアントトータスという魔物の甲羅についている緑藻から取れた色ですね」

「亀！」

亀も凶暴なのか尋ねると繁殖期以外比較的温厚だそうだ。温厚な魔物もいる――

「繁殖時期は噛みついて離さないそうですが」

「はは。そうなんだぁ……」

苦笑いをしながらリーさんから目を逸らす。魔物はやっぱり危険だ。

一通りダイニングを確認が終わる。テーブルと椅子も新品のように修復されている。リーさん、凄《すご》いな。アイボリー色を上塗《ぬ》りしたトイレも確認する。清潔感があっていいんじゃないかな。

「厨房にはほとんど手を加えておりませんが、壁の汚れが目立つ一面だけは同じようなアイボリー色で上塗《ぬ》りしております」

コンロの近くの壁か。確かにあそこは擦ったような黒ずみが目立っていた。クリーンをかけたが取れなかったので、傷だったんだと思う。今はそんな黒ずみが存在したとは分からないほど綺麗に上塗《ぬ》りされている。

厨房には、すでに調理器具や食器が運び込まれていた。氷室《ひむろ》もすでに設置されている。氷室《ひむろ》を見上げる。この大きさの氷室《ひむろ》は初めて見る。前世のウォークイン業務用冷蔵庫並みに大きい。

「大きいですね」

「ええ、この大きさは広い高級食事処か貴族の住宅に置かれるサイズですね」

このサイズの氷室《ひむろ》はそれなりの氷の魔石の供給が必要だという。費用が嵩張るのでこの大きさの氷室《ひむろ》はレアだとミカエルさんがいう。まぁ、私も氷魔法使えなかったらこのサイズの氷室《ひむろ》を置くのは却下していたけどね。氷室《ひむろ》を開けて中を覗《のぞ》くとすでに冷え冷えだった。猫亭の氷室《ひむろ》とは違い奥行きも広く棚の数も多い。そして何よりも大人が屈む必要にない高さだ。素晴らしい。

氷室《ひむろ》の中に長居し過ぎたのか、身体がブルッと震える。

「ミリー様、次の確認に向かいましょうか」

「はい、お願いします」

「次は従業員の寝泊まりする二階ですね。店内で使用しなかった家具は、二階の住居スペースに運びました」

二階にミカエルさんと上がる。こちらは荷物を運びこんだだけで何も手をつけていない状態だそうだ。うーん、とにかく何をするにも掃除が必要だね。埃《ほこり》っぽい。

「クリーン、クリーン、かりるたくさん！」

これでだいぶマシになったね。

「こんなに広範囲にクリーンを……ミリー様、他の人の前では力は自重しましょう」

「もちろん、ミカエルさんとは契約を交わしておりますので」

ミカエルさんとは魔法や魔石を他言しないように個人的な守秘義務の契約を結んでいた。かと言ってミカエルさんの前でパンパン魔法を放っているわけでもない。ちょっとだけ使っている。

ミカエルさんから従業員用のベッドに視線を移す。以前のオーナーが使用していたままの物だ。ミカエルさんに尋ねれば、これはこのまま使うそうだ。確かにまだ全然使えそうだけど……

「クリーン、クリーン」

ベッドのマットレスに集中してクリーンをかける。

そういえば、住居用のトイレを確認していなかった。トイレのドアを開けると後ろからミカエルさんの焦った声が聞こえた。

「あ、ミリー様、お待ちを！」

「ヒィ！　クリーン、クリーン、クリーン！」

トイレから目を逸らしクリーンを連発して急いでドアを閉め恐ろしい光景を思い出しながらブルッと震える。

「こちらもまだ掃除をしておりません。先に忠告するべきでした。大丈夫でしょうか？」

「は、はい。なんとか。ここに寝泊まりする従業員には、交代で掃除をしてトイレの清潔を保つよう徹底しましょう」

一階へ戻り、リーさんから受け取った工事完了確認書にサインをする。想像以上のリフォームの出来に満足だ。

「それでは、私はギルドに戻ります。ミリー様、また何かありましたらよろしくお願いします」

「リーさん、ありがとうございました」

店を出るリーさんのために、先回りをして扉を開けるミカエルさんにリーさんがクスッと笑う。

「あら。ありがとう。ミカエル、大人になったわね。あのいつかのトマト君はもう見れないのかしら」

「揶揄《からか》わないでください……」

「フフ。冗談よ」

リーさんの艶《なまめ》かしい流し目に私まで頬が赤くなる。あんなの間近で見たら、耐えられないよ。魔性だよ、魔性。店を後にするリーさんに手を振る。

（それにしても、トマト君って何？　二人の間には何かある！）

ミカエルさんをニヤニヤと凝視《ぎょうし》すると、恥ずかしそうに咳払いをされる。

「ミリー様、勘違いされているようですが私とリーさんの間には何もありませんからね！　ニヤニヤするのをやめてください」

「うんうん。分かってますよ。フフフ」

リーさんの真似《まね》をしながらミカエルさんにウインクをする。

「それは、何をされているのでしょうか？」

「流し目ウインクです」

言葉を失い黙るミカエルさんに追い打ちをかける。

「フフ、冗談よ。トマト君」

「そういうのは、真似《まね》しなくてよいですから！」

額に手を当てミカエルさんがため息をつく。この辺でやめておこう。ミカエルさんに嫌われたくない。

店の確認も終わったので、馬車に乗り商業ギルドへと向かう。

馬車に揺られながら、次の二週間のスケジュールをミカエルさんから聞く。

菓子店リサのグランドオープンは二週間後だ。その前に貴族や商人をそれぞれ招待した催しが数回開かれるそうだ。

料理人は厨房に慣れるために明日から店で菓子作りを始めるそうで、住み込みの従業員は今日から二階を使うそうだ。掃除しておいてよかった。明後日からは販売員も店での研修をするそうだ。

グランドオープン数日前に貴族のみを招待した催し、前日には商人などを招待してプレオープンするとのことだ。

「どちらの催しにもジェームズとして参加可能ですが――」

「どちらとも不参加でお願いします」

「かしこまりました」

貴族の集まりとかお金を貰《もら》っても行きたくない。商人のプレオープンもロイを筆頭に鼻の利く人が多そうなので却下する。いくらジェームズに変装していても、リスクが高いことは今はしたくはない。

「プレオープンにはギルド長も参加しますか？」

「はい。楽しみにされていますよ」

楽しみにしている爺さんが想像できない。

「オーシャ商会の菓子店はいつオープンの予定でしょうか？」

「我々がオープンする一週間前です。菓子店の名前は『レシア』です」

菓子店レシアか。女性の名前だけど、誰かの名前から店名をつけたのだろうか。

「いい名前の店ですね」

「オープンの時期は……あちらに先手を打たれました」

どうやらロイが菓子店レシアのオープンを早め、菓子店リサの一週間前にグランドオープンするように仕かけたようだ。

「気にしなくて大丈夫ですよ。オーシャ商会とうちでは商品が違います。あちらはソフトクッキーとオーシャ焼き以外の何を出すのでしょうね？」

「四角や丸い厚めの生地のクッキーに、フルーツやクリームを盛りつけたものがアジュール巻きとして公開されておりました」

それは美味しそう！　実は、最近知ったけど……パンギルドからパンケーキに似たものは出ていた。甘くないし、野菜とか肉を挟《はさ》んで食べるらしい。

ミカエルさんは明日、菓子店レシアのプレオープンに参加するそうだ。

「後ほど菓子店レシアで出す商品の詳細をお教えしますね」

「いいなぁ。私もいつか食べに行きたいですね！」

「そうですね」

その日はミカエルさんに家まで送ってもらい、別れた。

ラタトゥイユ

暑い……王都がかつてこれほどまでに暑くなったことがあっただろうか？　この世界も温暖化なのか？　薄着のまま出かけようとしたがマリッサに止められる。

「ミリー、ちゃんと服を着なさい」

「でも……」

じわじわと額から汗が流れているので薄着でいたい。

「今日は暑いけど、この麻の服なら涼しいわよ。出かけるなら帽子も被りなさいね」

「はーい」

亜麻色《あまいろ》のシンプルなワンピースにストローハットを被る。折角なので、帽子に青色のリボンもつけ外へ出かけるが……数分後、猫亭に戻る。

食堂で一人座っていたジョーが首を傾《かし》げ尋ねる。

「ミリー、出かけたんじゃなかったのか？」

「暑いから帰ってきた」

「確かに、今日は暑いな」

厨房はもっと暑いだろうな……あ、そうだ、魔法があるじゃん！　暑さで完全に魔法の存在を忘れてた。風魔法と氷魔法で食堂全体に冷風をこっそりと送る。

「お？　涼しい風だな。思ったより涼しいのか？」

「どうだろう？」

ジョーが表の窓を開け　すぐに閉める。

「普通に暑いじゃねぇか！」

うん。ジョーの感覚がめっている……普通に暑い。冷風の魔法を止めるとジョーが自分を手で扇ぎ始めた。

「お父さんは食堂で何をしているの？」

「ああ、この暑さだろ？　メニューがな……」

ジョーは、今日のメニューで悩んでいるようだ。予定ではからあげとトマトのスープだったらしいけど、この暑さだとさすがにスープのような熱い食事は売れないだろう。すでにスープの材料を購入している手前、なんとかその材料を使ったメニューを出そうと悩んでいるらしい。

スープには、鶏肉、トマト、茄子、ズッキーニを入れて作るらしい。夏は食材が豊富だ。この材料だったら――

「お父さん、鶏のラタトゥイユにしよう！　ここにある材料でできるよ」

「ラタ……トゥイユ？」

「夏野菜たっぷりの煮込み料理だよ。冷やしても美味しいやつ！　パスタソースに似てるかな？今の時期、食べやすいよ」

元々、ラタトゥイユはオシャレ料理なんかではなく刑務所や軍隊の遠征で作られる料理だった。日本で言う『臭い飯』だ。確か名前の由来は、ごった煮をかき混ぜる？　とかだったかな。昔はどうやって作っていたかは知らないけど、今は夏野菜が彩る一品だ。

「冷たくてもいけるのか？」

「うん。つけ合わせはパンでも麦でも美味しいと思うよ」

「丁度、麦が大量にあるな。それを使うか」

ジョーが立ち上がり厨房にいたガレルさんに貯蔵庫から麦を持ってくるようにお願いする。

熱い厨房にいたはずなのにガレルさんの額には汗の一つも見えない。厨房の扉の前でガレルさんを凝視《ぎょうし》していたら困ったように尋ねられる。

「ミリー嬢ちゃん、どうした？　貯蔵庫行きたい」

「ガレルさんは全然汗をかかないのですね」

「砂の国、ここより暑い」

そういえば、ラジェも汗をかかない。寒いでいた通り道を開け、厨房へと入るとムワッと熱気を感じたので急いで冷風の魔法を発動する。

ラタトゥイユの下準備をする。まずは、玉ねぎ以外の野菜を切り、オリーブオイルと塩をかけオーブンへと投入する。鍋に玉ねぎをとニンニクを入れて、火が通ったら鶏肉を入れる。調理が楽しくなる歌を口ずさむ。レッツクッキング！

「ミリー、またその謎の歌か？」

「料理が美味しくなる歌だよ」

「そうか……トマトはこれくらいのやつでいいんだな？」

ジョーが完熟したトマトを選んでカウンターに置く。

「うん。それで、後は香草のこれと、この葉っぱと――」

厨房に隠していた箱から香草を取り出し始めると、ジョーが眉間に皺《しわ》を寄せながら尋ねる。

「その箱はなんだ？」

「こ、これ？　ミ、ミリーボックスだよ」

コソコソとジョーから箱を隠しながら誤魔化すがジョーに見せろと箱を取られる。

「これは――ジゼルんとこの薬草か？　それにこの箱……これは、エンリケさんから貰《もら》ったパズルボックスじゃねぇか」

ジョーが箱の中から香草を回収する。

「待って！　捨てないで。この葉っぱは、ほら、お父さんも使うでしょ？」

「誰も捨てようとはしてない。確かに料理に薬草を使うと、香りが引き立つ上に臭みが消える。今度からは俺がちゃんと買ってくるから、薬屋に何回も行かなくていいからな」

「分かった……」

「この箱ももっと大事に使え」

「はーい」

ジョーがパズルボックスを綺麗にする。他に使いようが思いつかないけど、とりあえず返してもらう。これは以前、爺さんから貰《もら》ったすでに解いていたパズルボックスだけど、他に使いようがなく薬草入れにしていた。ペンダントが入っていた場所が丁度いい薬草の保管場所になっている。

爺さんから挑戦された新しいパズルボックス？　あれはまだ……

「入れるのは、この三つの薬草か？」

ローリエ、タイム、それからオレガノだ。ローリエはこちらでも一般的に使われている。主にスープにだけど。

「オーブンでグリルした野菜を入れて、水分を飛ばすために煮込んだら出来上がりだよ」

「案外簡単にできるな。野菜の甘い香りがするし、これもブルスケッタにのせられそうだな」

「うん。冷めても美味しいよ」

王都の平民の昼食は硬いパンが食べやすいようにスープ料理が多い。暑い日に熱いスープは地獄である。その日のランチのラタトゥイユはお客さんに大変好評だった。食事を済ませて帰る、数軒先に住むおじいさんが手を振りながら言う。

「このトマトの夏煮込みは最高だった。食欲が戻ったよ。ジョーにありがとうと伝えてくれ」

「うん！」

◆

熱帯夜……とまでは言わないが、夜は寝つけない暑さだ。冷風の魔法をリビングに充満させる。

ソファの上で寝ていたジークを風魔法で扇いでいたマリッサが顔を上げる。

「あら？　暑かったのに涼しい風が吹いてるのね。これでジークも心地よく眠れるかしら？　今日はお昼に寝汗をかいて大変だったのよ」

「汗疹《あせも》ができたら、大変だね」

今日はジョーとラタトゥイユに集中してしまったいた。ジークにも構うべきだったとちょっと反省をする。マリッサがこまめに着替えをさせていたおかげで汗疹《あせも》はできていないようだ。よかった。

「ミリーも暑さに気をつけてね。いつでも水が出せる水魔法の使い手でよかったわ」

「うん」

「じゃあ、髪洗うからこっちに来なさい。夏だからかしら、色が抜けるのが早いわ。また染め直しね」

以前も思ったが、私の地毛の髪色であるストロベリーブロンドは誰に似たのだろうか？

商人の親は二人とも茶色系だった。ヘンリーは明るい茶色だったけど、私の地毛は赤の混じった金髪だ。隔世遺伝なのか？　実の親について何も知らないのでなんとも言えない。

純粋な金髪といえば、この世界では魔力検査の時の神官しか見たことはない。西区に行くようになって薄い茶色の人も見かけるようになった。

実は髪は染めなくてもライトの魔法の応用で、光の屈折で色を変えることはできる。でも、ふとした時に魔法かけ忘れそうだし、今は髪を染めるのが一番だ。

「綺麗に染まったわね」

「うん。ありがとう、お母さん！」

マリッサに髪を乾かしてもらい部屋に戻る。魔力消費の時間だ。

土魔法でネズミを出す。今は三百匹くらい余裕で出せる。この大群のネズミは、自分の魔法と分かっていても結構気持ち悪い。床はネズミだらけで足場がないのでベッドに上り、大群のネズミの頭全てにシェフハットを被らせる。

「さぁ、みんな、フライパンを出して！」

シェフネズミが一斉にフライパンで卵焼きを焼く。フライパンも卵焼きも私の土魔法だけどね。

「さぁ、卵をひっくり返して」

三百匹のネズミがシンクロした動きで卵焼きを宙でひっくり返す。素晴らしい。ネズミの女王様になった気分だ。

次は部屋の真ん中にやぐらを建て、提灯で周りを飾《かざ》る。夏といえば、夏祭り！

やぐらを中心にシェフネズミの格好から浴衣ネズミに着替えさせたネズミたちを円形状に広げ並べる。風魔法で飛び、やぐらの頂上へ降り立つ。さぁ、盆踊りの時間だ。部屋を黒魔法で完全に防音し、音頭を歌う。

「ドンドンパンパン・ドンパンパンって……古っ」

前世で最後にどこかの夏祭りで流れていたＪＰＯＰの曲にしよう。

魔法の操作をしているのは私だけど……浴衣ネズミの盆踊りのシンクロ率が凄《すご》いな。なんだか、お手本のような踊りで面白くない。

「あの辺にいるネズミは、不良ネズミにして超高速マイムマイムを踊らせよう！」

不良ネズミとともに奇抜な盆踊りを堪能……いつもより長い時間遊んでしまった。さっさと寝よう！


次の日、朝早くから元気に一人で盆踊りを踊るのをジョーに目撃される。

「お父さん！　おはよう！」

「ミリー、今日はいつにも増して変な踊りだな……」

菓子店リサのオープンまで十日に迫った。王都の気候は相変わらずの暑い日が続いている。

(この暑さでお菓子売れるかな……)

今、そのことについて少し悩んでいる。菓子店リサに出す菓子は秋から冬に試作したため涼しげな商品が少ない。

夏といえば、かき氷とかアイスなんだけど……氷室《ひむろ》問題があるんだよね。そう、冷凍庫がない！

将来的には氷の魔石をガンガン使って製作できそうだけど、それはあと十日で完成させるのは無理だ。氷魔法を使えば、ジェラートとかいろいろできるけど……氷魔法使いはレアで私は基本店にいない予定になっているからなぁ。氷魔法の使えない料理人でも作れる夏用の菓子を作りたいな。

「あー、葛饅頭《くずまんじゅう》食べたーい」

夏の和菓子と言われれば一番に葛饅頭《くずまんじゅう》を連想する。葛とか生えてるのかなぁ。なくても片栗粉で代用して、水まんじゅう風ならできるけどね。ジョーの話だと芋の粉ならこの世界にもあるらしいし。

しかし！　餡がない！　あ、でも小豆がないだけで、うぐいす餡や白餡はできるね。芋餡に必要なサツマイモは未だに発見していない。

餡を作るのって砂糖をたくさん使うから、甘さ控えめで作ってみようかな。

厨房にいたジョーに声をかける。

「お父さん！　芋の粉ってどこに売ってあるの？」

「ああ、穀物屋だな。二種類あったと思う」

二種類？　芋の粉は家に置いていなかったので、丁度穀物屋に注文に行くというジョーについていく。

穀物屋に到着。いつも猫亭に穀物を配達する穀物屋の亭主が手を振る。

「おう！　ジョーじゃねぇか。毎日暑いな。この中は特に熱がこもってかなわん。後でお前のところにエールを飲み行くぞ。お前の店は涼しいからな。今日は注文か？」

「そうだな。それから、芋の粉を探している」

「あー、芋の粉なら別の場所に置いてある。虫がつきやすいからな。がはは」

穀物屋の亭主が大声で笑いながら言うが……恐ろしいことを言わないでほしい。

案内された別室には聞いていた通り、芋の粉が二種類あった。一つは片栗粉で間違いない。もう一つは、片栗粉よりほんのり黄色く色がついている粉だった。

「こっちの粉は、ミリーもたまに食べる芋のパン用だ」

「そうなんだ。欲しいのは、こっちの白い粉だよ」

「そうか。他に欲しいものはあるか？」

「乾燥豆かな」

乾燥豆はたくさん種類があり、その中に探していた乾燥白インゲンを発見し購入したので一旦猫亭へ戻る。

乾燥白インゲンを水に浸《つ》けながらニヤニヤと笑う。白餡はマカロンと同じでたくさんの色つけができるので楽しそう。うぐいす餡の材料であるグリーンピースは生の物が市場にあったはず。

「お父さん、市場にも行きたいんだけど」

「ガレルと行ってこい。丁度、切らしてる物もあるしな。頼んだぞ、ガレル」

「はい！　旦那さん」

ガレルさんが返事すると、近くにいたラジェも行きたいと手を上げる。

「おうおう。ラジェも一緒に行ってこい」

ガレルさんとラジェの三人で市場へと向かうとラジェが手を差し出してくる。

「ミリーちゃん、危ないから手を繋《つな》ぐで……しゅ」

聞こえづらかった耳はもう完全に治っているけれど、ラジェは私の白魔法がバレないようにと人前では聞こえないふりを通している。これでいいのかなと思いつつも、ラジェがそうすると頑なに譲らない。

「うん。いいよ。手を繋《つな》ご！」

ラジェと手を繋《つな》ぐが珍しく手汗が凄《すご》い。どうしよう。マイクだったら問答無用でクリーンをかけるんだけど……ラジェは少し繊細《せんさい》だからなぁ。

ガレルさんが母国語でラジェに声をかける。

「ラジェ、女の子と手を繋《つな》ぐ前はクリーンしたほうがいいと思うぞ」

ガレルさんの気遣いに笑顔で感謝する。砂の国はこの国よりも身なりの綺麗さを重要視しているかもしれない。ガレルさんもラジェもいつも髪を綺麗に整え、小綺麗にしている。

転生特典だろうと思う言語の理解に感謝しつつラジェと仲良く手を繋《つな》ぎながら歌を歌う。ラジェに教えてもらった、砂の国の歌だ。言語の切り替えは正直自分で習得したわけでないのでどうなっているのか説明ができない。感覚で言葉を切り替える感じだ。喋ったら喋れた……それ以外の言いようがない。

私の歌にガレルさんが目を見開く。

「ミリー嬢ちゃん、砂の国の言葉、よく覚えたな」

「ラジェがよい先生なんですよ」

「そうなのか……発音、完璧だ」

「えへへ……」

誤魔化しながら笑う。ガレルさんは感心しているだけで疑ってはいないようだ。そんなことをしていると、市場に到着した。夏から秋は商品が多いからか、市場の出店数も多い。すぐにグリーンピースも発見、大量に購入する。店員が眉を上げながら尋ねる。

「嬢ちゃん、この量でいいのか？　ちと多くないか？」

「ううん。それで大丈夫です」

「そうかぁ？　じゃあ、小銅貨二枚だ」

店員が首を傾《かし》げながら渡した二袋のグリーンピースを受け取る。

「僕が持つ」

「ありがとう。ラジェ」

ガレルさんの買い物も終わったので、屋台で購入した串焼きを三人で食べながら休憩をする。今まで気づかなかったけど、たくさんの視線を感じる。なんだろう？　別に嫌な視線じゃないけど、ジロジロと見られるのは気に入らない。よし、ジロジロと見返してやろう。そんな反撃をしていたら、周りには誰もいなくなった……ガレルさんが苦笑いしながら言う。

「砂の国の者、珍しいだけ」

「ああ、そういうことか。いつもこんな感じなのですか？」

「いつもだと、そんなことない。市場は人が多いからな。王都でも、珍しいだけ」

「そうなんですね」

確かにガレルさんとラジェの容姿は王都民の大部分とは違う。ラジェの瞳の色も相当珍しい。一度、周りの視線を感じてしまうと……常に見られているのがよく分かる。

十五歳前後の若い女性たちが、チラチラとこちらを見てコソコソと話している。なんだろう？　ガレルさんが女性たちのほうに振り向くと、全員が素早く顔を伏せた。

（あー、そういうことか！　ガレルさん、モテるな）

この女性たちの視線は好意だ。ガレルさんは漢《おとこ》って感じの肉体で刈り上げた黒髪だ。夏の日差しで輝く褐色の肌が彼のワイルドさを引き立たせている。

「ミリー嬢ちゃん、どうした？」

「むふふ。女の子たちが見てますよ」

こっそりと女性たちのいる方向に指を差しながらニヤリ顔を披露する。

「旦那さんが、妙にませていると言っていたが……」

「女の子たちに話しかけないんですか？　こっちを見てますよ」

追い打ちをかけるように急かすと、ガレルさんが手を顔に当てて言う。

「そんなこと、できるわけないだろ！」

「うふふ」

「早く、帰るぞ」

「はーい！」

居心地悪そうに急いで女性たちの前を横切るガレルさんについていく。

帰り道もラジェと手を繋《つな》ぎ、歌を歌いながら歩く。歌のサビの部分を褐色の色男に歌詞を入れ替え、少しアレンジして歌うとガレルさんのジト目が背中に刺さって痛い。

猫亭に戻るとジョーが夕食の仕込みをしていた。

「おー、帰ったか。ガレルはなんでそんな疲れた顔してんだ？」

「……大丈夫。ここに食材置く」

「必要な食材は、全部あったみたいだな。助かった。ありがとうな。ん？　どうした？」

ガレルさんがジョーにコソっと耳打ちするのが聞こえる。

「ミリー嬢ちゃんは、本当に七歳？」

「クク。なんだ、何かやられたか？」

「知らない女性、口説いてこい、言われた」

ジョーが一瞬止まり、大声で笑い出す。

「妙にませてるって言っただろ。他意はない。大目に見てやってくれ」

「ああ、もちろんだ」

スライムちゃんと店の視察

次の日、葛饅頭《くずまんじゅう》を作る……いや、片栗粉だから……水まんじゅうもどきだ。とりあえず、美味しいのを作ろう。

厨房では、ジョーとガレルさんが夕食の準備をしていた。

「ミリー、来たか。ガレルが端に昨日買った食材を用意しているから、そこを使っていいぞ」

「お父さん、ガレルさん、ありがとう」

「あと、氷室《ひむろ》に入れていた水に浸《つ》けた乾燥豆だ」

ジョーから白インゲンが入ったボウルを渡される。うん、普通に使えそう。

「お父さん、今日は一人でやってみたいの」

「全部を？　大丈夫か？」

せっかくジョーに火の使い方も教わったのだ。ひとりでできるもんを見せたい。

「大丈夫だよ！」

「んー、一応側で俺たちも目を光らせるからな。無理はするな」

「わーい！」

早速、まずはうぐいす餡を作るために鍋にグリーンピースとたっぷりの水を鍋に入れて煮る。柔らかくなるまで煮てお湯を捨てようとしてバランスを崩すとガレルさんに支えられる。

「危ない。これは俺がやる」

「ガレルさん、ありがとう」

急にバランスを崩したせいで魔法を使うのも忘れていた。早速、ひとりでできないもんになってしまった……

粗熱が取れたら、ゴリゴリタイムだ。こっそり風魔法を使いグリーンピースを滑らかにしたら、水を加えてザルにあげる。残った皮は取って捨てる。残った汁を布巾で搾《しぼ》れば、水っぽいけど餡のようなものができた。こんな感じでいいかなと餡をつまみ口の中に入れる。うん。素材の味だ。隣からジョーが布巾の中を覗《のぞ》く。

「緑の……それはなんだ？」

「えーと、餡だよ」

「あーん？」

「後で、あーん……ってなんでもない」

ジョーが冗談っぽく言うので乗ってあげたけど、途中でなんだか物凄《すご》く恥ずかしくなってやめる。

「後であーんか？　ん？　ミリー、照れているのか？」

隣でニヤニヤしているジョーを無視して、搾《しぼ》った餡を鍋に入れ砂糖と混ぜる。砂糖は控えめで……好みの硬さになるまで水分を飛ばしたら冷ます。よし、うぐいす餡の出来上がりだね。白餡もうぐいす餡と同じ要領で作っていく。氷室《ひむろ》に入れる前に白餡をひとつまみ口に入れる。

「んー、美味しい！」

氷室《ひむろ》から出した冷めたうぐいす餡と白餡をほどよい大きさに丸める。傍から見たら子供の泥遊びだ。餡を丸めている間、ジョーがずっと疑いの表情で見てくる。食べ物で遊んでいないから！

片栗粉、砂糖と水を鍋に入れ弱火で煮る。固まったら、小さなココットに入れ丸めたうぐいす餡と白餡をそれぞれ入れる。後は冷やすだけだね。

「ミリー、それで仕上がりか？」

「後は、冷やすだけだよ」

「……濁っているな。俺が最初に食べるからな」

「もちろんだよ！」

水まんじゅうが冷えるのを待つ間、ジョーとガレルさんの厨房のお手伝いをする。

氷室《ひむろ》から水まんじゅうを取り出す。皮の色が想像よりも半透明だ。

(うーん。本物の葛じゃあないからかな？)

でも、ぷるんとしていて美味しそう。中の二色の餡もちゃんと見えるし、これはこれでいいと思う。緑と白のプルプルした見た目が涼しげだ。ジョーが水まんじゅうを突《つつ》きながら言う。

「これは菓子なのか？　名前は付けたのか？」

「うん。水まんじゅうだよ」

「ミズゥームシュウ？」

それは絶対やめて！　水虫みたいに聞こえる。ジョーが何度か水まんじゅうの発音を練習するが……ダメだ。ジョーが何を言っても、ミズームシーにしか聞こえない。別の名前にしよう。

ジョーが何度も同じ水まんじゅうをツンツンと突く。この水まんじゅうはジョーのだね。

「お父さん、食べてみて」

「おう！　あーんしてくれるのか」

ジョーが口を開けながら待つのを隣でガレルさんが凝視《ぎょうし》する。さっさとあーんを済ませる。

「はい！　あーん」

「お！　これは、不思議な食感だな。トロッとしているが、スープってわけでもない。野菜に砂糖を入れてる時には心配したが、後味も美味い。このミリーのあーんが一番いい味を出しているがな」

私へのべた褒めを開始したジョーに苦笑いしながらも水まんじゅうを切って口に入れる。

あー、和菓子だぁ。

何年ぶりの水まんじゅうだろうか……このぷにぷにの中に埋もれたい。甘さは控えめだけど、グリーンピースの本来の旨みも感じることができて美味しい。優しい味だ。ぷるんとした皮の舌触りもいい。至福だ。

「あ！　お父さん！　一人一つだよ！」

ジョーが伸ばした手から水まんじゅうを死守する。ガレルさんや猫亭のみんなにも食べさせてあげたい。ココットの数が丁度、猫亭従業員の人数分だったのだ。一人一つです！

「分かったから、そんな目で見るな。これはまた作るのか？」

「うん。そしたら、お父さんにまた味見をしてもらうね」

今回は試作も兼ねていたので少量しか作っていないけど、みんなが好きなら明日はもっと作ろう。

ガレルさんが渡した水まんじゅうを不思議そうに見ながら尋ねる。

「どうやって食べる？　これの、名前なんだ？」

「そのまま切ってください。名前はまだ決まってませんが……美味しいですよ」

「スライムに似ている」

「そうなんですか？　スライムってこんな感じなのかぁ。缶のスライムはプルプルしていたけど、透明ではなかったですよ」

火を保つために使われる缶入りのスライムは見たことがあったが真っ青だった。

「ああ、これより何倍も大きい。でも似ている。生きたスライムには核がある。この食べ物にそっくりだ」

ガレルさん曰くスライムは死んだら色がつくそうだ。普段は無色透明な分、周辺の物に色がカムフラージュするので初心者の冒険者は初め、討伐に苦労するらしい。

ガレルさんが水まんじゅうを口に入れ目を見開く。

「ん！　これは美味い。外のこれはなんだ？」

「気になりますか？　これですよ」

「芋の粉……こんなのでこれが？」

プルプルのお菓子があると言ったら、猫亭の従業員のみんなが厨房に集合した。水まんじゅうに一番喜んだのはケイトだった。

「わー、本当にプルプルでスライムにそっくり。小さいから可愛いね。スライムちゃんだね」

「スライムちゃんか。ケイト、それはいい名前だな。ミリーはどう思う？」

ジョーの問いかけに別の名前を急いで考えるが……ダメだ。スライムちゃん以外の名前が何も出てこない。

「いいんじゃない……かなぁ？」

菓子店リサで出す予定で作ったのだが、魔物の名前で大丈夫かな……うーん。スライムちゃんは確かに可愛い名前だとは思う。それに水まんじゅうは夏の期間限定の予定だし、もし名前のせいで売れなかったとしてもそれはそれで仕方ないか。

「スライムちゃん。可愛いね」

「マルクもスライムを見たことあるの？」

「ううん。ネイト兄さんが、昔見たことあるって言ってた」

「そうなの？」

マルクの隣で水まんじゅうを食べるネイトに尋ねる。

「二回くらいかな。昔、ケイトと一緒に母さんの遠縁の村に行った時、旅の途中で見たよ」

「王都より離れた場所に行くとよくいるぞ」

「お父さんも見たことあるの？」

「ああ。俺も学生の頃、課外学習でな。ミリーの好きなオークも見たことあるぞ」

口に唾が溢れる。急にオークカツが食べたくなった。そんな私を見てジョーが呆《あき》れながら笑う。

「ミリー、野生のオークは力も強くて危ないからな」

それにしても、みんな魔物の存在を普通に受け入れているんだね。魔物の恩恵はみんな受けているので当たり前と言えばそうだ。私もオークの肉は大好きだ。でも、実際に魔物と遭遇《そうぐう》したことがないので現実味がない。

「スライムちゃんかぁ……」

爺さんは青色を嫌がっていたがミカエルさんやケイト、それにジョーもそこまで気にしていないように思う。オークだってオークカツって呼んでいるし、大丈夫かなか。お客さんから拒否反応が多いなら名前を変えるか。

残りのスライムちゃんを口に入れ、ニンマリと笑う。

その後、残りの白餡に無事色つけし、可愛らしい彩りの『スライムちゃん』が完成した。

商業ギルドで披露するので、数日かけてスライムちゃんの皮でいろいろ実験もしてみた。楽しかったけど、結構皮部分が余ってしまった。皮だけ食べるのはあれだけど、捨てるのはもったいないな。

「ミリー、俺に考えがある」

余ったスライムちゃんの皮にジョーがきな粉をつけ食べる。わらび餅風か！

やっぱり、ジョーはよく分かっている。

「ミリーも食うか？」

「うん。きな粉マシマシで！」

わらび餅を食べ終え、商業ギルドに持っていくスライムちゃんを選別しているとジョーがココットを覗《のぞ》きながら言う。

「ミリー、明日、エンリケさんやミカエルさんにそれも見せるのか。やめたほうがいいだろ」

「せっかく作ったから見せるだけ見せたいかな」

「いや、やめておけ。猫亭の全員を驚かしたから十分だろ」

分かったと返事をしたが、ジョーが持っていくのをやめろと言ったスライムも明日持っていく箱に仕舞い口角を上げる。

「明日が楽しみ」

◆

次の日、商業ギルドへと向かいミカエルさんに色とりどりのスライムちゃんを披露する。

「これがスライムちゃんですか……」

「はい。お店のオープン限定、または夏限定でどうかと思い作ってみたのですが……ミカエルさんはどう思いますか？」

ミカエルさんが皿に載せたスライムちゃんをスプーンで突《つつ》きながら言う。

「プルプルしています」

「甘さ控えめですけど、美味しいですよ。いろいろな種類を作ってきました」

ジョーと一緒に作った皮の部分が青と白のグラデーションのものや中の餡の色が薄ピンクや黄色とさまざまなスライムちゃんをミカエルさんに見せるが、ミカエルさんは全く食べようとしない。

「やっぱり名前がスライムちゃんだとダメですか？」

「違います……可愛すぎて食べられません」

ミカエルさんがスライムちゃんを愛しそうに見ながら言う。あ、この反応なら不安だった名前はスライムちゃんでも問題なさそう。

「可愛くないスライムちゃんも作ってきましたよ。こちらは血走った眼球バージョンのスライムちゃんです」

「ヒィ！　なんですかそれは！」

最後に取っておいた渾身のスライムちゃんを箱から出すとミカエルさんが席から立ち上がり眉間に皺《しわ》を寄せる。

ジョーにも持っていくのをやめろと言われたんだけど……凄《すご》く時間を費やした最高傑作の目玉なのだ。血走った眼球バージョンのスライムちゃんは、白餡に血走った眼を描いて皮で包んだものだ。まるで本当の目玉のようなスライムちゃんにミカエルさんが顔を顰《しか》める。あ、これ本当に嫌がっている……遊びすぎた。眼球スライムちゃんを急いで回収して箱へ戻し、目玉の入っている箱に印をつける。

「これは、ただのお遊びです。後でギルド長にあげます」

「そ、そうですか。スライムちゃんの作り方は複雑でしょうか？　料理人への負担が心配です。二日後には貴族を招待したお披露目もありますし」

ミカエルさんにグランドオープンまでに料理人へのスライムちゃんを追加すれば指導が間に合わないかもしれないという懸念を指摘される。

「うーん。スライムちゃんは簡単にできるのですが……確かに、オープンには間に合いそうにないですね。それに、スライムちゃんを並べるなら、ショーケースは確実にもう一ついると思います」

「それならオープンして半月後からお出しする、というのはいかがでしょうか？　それでしたら、ショーケースの新設も料理人の準備も間に合うと思われます」

ミカエルさんの言う通り、それがベストだ。今、菓子店リサは忙しさマックスだろうしね。

ミカエルさん曰く、料理人や販売員の研修も順調に進んでいるそうだ。料理長のルーカスさんを中心に料理人たちは日々開店までの準備に励んでいるらしい。

商業ギルドに委託していてよかった……とてもじゃないけど、私には店のオープン準備を指揮するのは無理だったと思う。この世界の商売の知識もコネもない、中身は大人でもここではただの七歳の少女だしね。どんなに商品に自信があり頑張ったとしても、誰にも相手をされなかっただろう。

一番嬉しかったニュースは、砂糖の仕入れ値を値引きできたことだ。菓子店リサの全ての通常食材を毎月まとめ買いすることを条件に、砂糖を通常の値段から二割引で購入する契約を結んだそうだ。さすが商業ギルド――いや、ミカエルさんだね。

「それから、ショーケースの件ですが、商業ギルドとペーパーダミー商会を共同で商品登録させていただきたいのですが、いかがでしょうか？」

「はい。いいですよ」

ショーケースの共同開発の話は、洗濯機と同様に来ると思っていた。洗濯機の利益は関わった三者で三等分にしているが、今回はどうだろう。ミカエルさんが提案書を出し、真っ直ぐにこちらを見て言う。

「ペーパーダミー商会には、発案とデザインとしまして三割を考えてます。いかがでしょうか？」

「製品の登録、販売、それからクレームを商業ギルドが請け負うのであれば、それで大丈夫です」

「……もちろん、その予定です。後ほど、契約書を作成しますので署名をお願いします」

私はお絵かきしてデザインはしたけど、形にしてその開発費用を請け負ったのもボリスさんを含む商業ギルドだしね。本当は二割でも構わないけど……開発のアドバイスもしたし、三割が妥当かな。

ショーケースはすでに開発が完了し、完成品も一つできているため、新たに作製する分はさほど時間がかからないと言うことだった。ミカエルさんがまだ魔力の込められていない氷の魔石をすでに準備していたので、ちゃちゃっと魔力をそれに込めた。いろいろ見越して準備がいいな、ミカエルさん。

氷魔法に魔力を込める前に周りに展開した水魔法の壁を見ながらミカエルさんが感心する。

「しかし、この水のヴェールはいつ見ても凄《すご》いですね。遮音に外から中が見えない仕様とは……ミリー様には本当に驚かされます」

（忍者さんが見ているからね）

月光さんの存在をたまに忘れるけど、どこかにいる……はず？

「そういえば、ギルド長に最近会いませんね」

「ギルド長はここ数日、特に多忙を極めております。ですが、ミリー様のことを気にしておりました。パズルボックスを開封できたかと、毎日尋ねられております」

「あ、まだです。忙しかったので、忘れてました」

少し前にチャレンジはしたのだ。でも、あの箱は本当に意地悪にできていて、まだ全部解除できていない。三割ほどは解いたと思いたいけど。疲れて、後でやろうと放置して忘れていた。

今日は、後ほどジョーと商業ギルドで合流してスライムちゃんを登録する予定だ。時間が空いたので、ミカエルさんと準備中の菓子店リサへ視察に行く。

馬車が到着すると、店の前に人だかりができていた。

「え？　あれはなんでしょうか？」

「あれは……甘い匂いに誘われてきた者たちです」

連日、菓子店リサは甘い物を作っている。さぞかし美味しい匂いがしているだろうね。

「でも、クッキーなどもどこかで作られていますよね？」

「クッキーなどを作る施設は、王都の外れにあり警備もいます。街中でいい匂いがすれば、菓子店でなくても人だかりはできます。良い宣伝になるでしょう。念のため、警備を雇いましたのでご安心ください」

馬車を降りて、人だかりを避け店の扉を開けるとチリンとドアベルが鳴る。中に入ると焼き菓子だろう甘い香りが充満する。この香りは最高だ。外からも香っていたけど、ドアを開ける度に外にこの甘い匂いが漏れているのだろう。

「ミカエルさん！　ようこそ。菓子店リサへ」

迎え入れてくれたのは三十代半ばの笑顔の優しい女性だ。茶色の滑らかな髪が綺麗にひとまとめにされていて、清潔な印象だ。言葉使いも所作もとても丁寧でなんだか安心する。

「ジェームズ。彼女は販売員のリーダーを務めてもらう、ビビアン・フューズだ。ビビアン、これは見習いのジェームズだ」

「ジェームズ君、はじめまして。まだ、若いのにギルドの見習いを頑張っているのね。これから、よろしくお願いしますね」

ビビアンさんに商人の挨拶をされたので、同じように挨拶を交わす。

「はい。ビビアンさん。よろしくお願いします」

ビビアンさんの背後にショーケースが設置されているのが見えてテンションが上がる。

(ショーケース！　素晴らしい。なかなかの存在感だね)

ここにケーキやマカロンやらいろいろ入ったら、映えるだろうな。うふふ。

店の内装は基本シンプルで壁際に置かれていた準備中の黒板のメニュー以外の飾《かざ》り物はまだしない予定だという。時期が来たらインテリアを増やしてもいいけど、今はこのままで開店する予定だ。

それでも甘い匂いがして、人が働いているだけで店が生きているように思える。

「棚にはまだ品物を揃《そろ》えておりませんが……それにしてもこのショーケースは――売れますね」

ミカエルさんがショーケースを眺《なが》め口角を上げる。皮算用中なのか嬉しそうだ。

ミカエルさんがニヤニヤしている間に、ビビアンさんが他の販売員を集めた。

十代から三十代の従業員全員がお揃《そろ》いの黒の七分袖のシャツに、黒灰色のエプロン姿の制服だ。エプロンのポケットには菓子店リサのロゴマークである水色の蛤が刺繍《ししゅう》されている。ミカエルさん監修なのかぷっくりとしたデフォルメがかかった蛤が可愛い。

皮算用が終了したミカエルさんが厨房のカーテンを開けると、厨房には統括料理長のルーカスさん、副料理長のレイラさんの他に二十代の男性や十代だろう男女がいた。それ以外にも小さな男の子が、シンクのあたりでせっせと皿を洗っているのも見えた。あの子は見習いだろうか。

「ルーカス。少し時間いいですか？」

「はい。みんな、一旦手を止めて挨拶しに来てくれ」

ルーカスさんが他の料理人に指示を出す。

料理人たちが厨房から出て、販売員と共に目の前に並ぶ。

ルーカスさんがその一人ずつを紹介していった。みんなやる気に溢れた、とてもいい表情だ。

フロントはビビアンさんを筆頭にさまざまな世代の男女五人と見習いだろう女の子がいた。清潔感あふれる人選は、多分、ミカエルさんの配慮だろう。心の中でミカエルさん讃頌《さんしょう》をする。

（イエス清潔、ノー不潔）

そんなことを考えていたら、ルーカスさんがさっき言った見習いっぽい子二人を手前へ呼び寄せる。

「こいつは厨房の見習いのベンジャミンと、販売員の見習いのラーラです。調理場にはもう一人フィンという見習いがいますが、今は夕食の買い出しに出ています」

一通り従業員の紹介が終わるとミカエルさんが一言添える。

「ルーカス、みなさんの紹介をありがとうございました。菓子店リサは、数日後にはグランドオープン、その前には貴族や商人へのお披露目もあります。問題がありましたら、焦らずルーカスとビビアンに伝え指示を仰ぐように。忙しいでしょうが、力を合わせてオープンを成功させましょう」

元気よく全員から「はい！」と返事がすると解散となり、それぞれが自分の仕事場へと戻った。

ミカエルさんと目が合うとニコっと笑い耳打ちをされる。

「せっかくなので、菓子店リサのお客様第一号としてお店で召し上がっていきませんか？」

「もちろんです！　あ、もちろんみんなの邪魔じゃなければ……」

「いい練習台になると思いますよ」

嬉しい提案に弾んだ気持ちで席へと向かう。ビビアンさんには微笑《ほほえ》ましい子供を見る目で壁際の窓の近くのベンチ席に案内される。

この位置からだと、店内がよく見える。壁際の二人掛けの席は片方がベンチシートになっており、それが全部で四つ、八席ある。これは以前の店の造《つく》りをそのまま、ベンチとテーブルの色をアイボリーからこげ茶に塗《ぬ》り直したものだ。

大きめの窓からは店の前にある本屋が見えるのだけど……匂いに釣られて店の前にいる群衆の数人と目が合う。これは、いやだな。

「まぁまぁ、今日は日がよく出ているので、窓掛けを閉めましょうね」

別に光が気になるわけではないが、ビビアンさんが静かにカーテンを閉める。ビビアンさん、察してくれてありがとう。

「ありがとうございます」

メニューは何種類か用意してあるが、今日は急に視察に来たので、準備できるものは練習用に作ったマカロンとミルクレープだそうだ。飲み物については紅茶、カフィ、果実水、どれも準備できるそうだ。

ビビアンさんがサービスの水を持ってくる間、飲み物リストを確認する。

紅茶は、思ったより種類が揃《そろ》っていた。酒類は以前ミカエルさんと話した通り様子見をするそうだけど、貴族の催しや商人のプレオープンには出す予定だそうだ。

「紅茶が充実していますね」

「紅茶は隣の紅茶屋との値段交渉が上手くいったのですよ。その代わり、様々な種類のものを卸《おろ》させてほしいとのことでした。裕福な者はいろいろな種類の紅茶を嗜《たしな》むので、こちらとしてもよい条件でした」

確かに飲み物リストの大部分が紅茶系だ。見たことのない名前も多く、値段も小銅貨二枚から銅貨一枚とピンからキリまで幅広く提供している。

ビビアンさんが水を持って戻り、飲み物の注文を取る。

「私はこの花弁入りの紅茶にします。ジェームズはどれにする？」

「えーと、子供でも美味しく飲むことのできる紅茶はありますか？」

「それなら、こちらのロサの実をお茶にしたものをおすすめします」

「それでお願いします」

ロサの実は、薔薇に似た花が散った後に残る実だそうだ。春から初夏にかけ、咲く花だという。実物を見せてもらうと、ローズヒップティーにかなり類似しているものだった。前世のローズヒップティーと同じ物ならノンカフェインで子供も安心して飲めると思うけど……この国でカフェインが発見されているかは分からない。

ビビアンさんが私にロサの実勧《すす》めたのは、主に可愛い色合いだからだろうと思う。前世のローズヒップティーはブレンドが多く酸っぱいイメージなんだけど、大丈夫かな。ミカエルさんも可愛い物が大好きだから、花のお茶を頼んだのだろうな。

お菓子は準備できる物を適当に、とお願いするとビビアンさんは厨房へと向かった。

「隣のお店と仲良くできそうでよかったです」

「隣はギルド長のお知り合いである商会長の店でしたので、交渉もすんなり受け入れてくれました」

「え？　そうだったんですね。ギルド長は顔が広いですね」

「ミリー様も一度お会いになられてる方ですよ。ベネット商会のアイザック様です」

「ああ！　香辛料の！」

隣の紅茶屋の商会長は、いつの日か商人の一礼を教えてくれたあのお爺ちゃんなのか。

「そうです。ベネット商会の本業は香辛料ですが、紅茶屋や油屋などさまざまな商売を展開されております」

「知り合いの店が隣にあるのは安心ですね……」

なんだか爺さんにしてやられたような。

たぶん、隣がアイザックさんの店だというのは初めから把握していて、この店舗を勧《すす》めたような気がする。不満はないけど、爺さんのニヤニヤが容易に想像できる。

「アイザック様はとても具合が悪いと聞いていたのですが、ミリー様にお会いになられた後からすこぶる元気になられました……ミリー様ありがとうございました・・・・・・・・・・」

ミカエルさんの含みのある言葉と視線に苦笑いをする。

「はは……それは、よかったです」

元気でいると聞けて安心した。あー、あのお爺ちゃんを思い出したらカレーが食べたくなってきた。香辛料はまだ残っている。ジョーに見つからず、こっそり作れば……あわよくば！

ビビアンさんに配膳されたロサの実のお茶は覚えていたローズヒップの香りがではなく無臭だ。色もオレンジの淡い色だ。味はまろやかな酸味で薄まったトマトや梅干しの後味がした。普通に子供舌でもおいしいと感じた。

ミカエルさんの花弁の紅茶は少し濃い目のピンク色で強い花の香りがする。きっとスマホがあったら、ミカエルさんは写真を撮りまくっていただろうね。

ミルクレープとマカロンも配膳される。

「本日のマカロンは、紫色のベリー味、黄色のオレンジ味、薄い茶色のキャラメル味の三種類です。ごゆっくりお過ごしください」

ビビアンさんが離れるとミルクレープにフォークを入れ、口へと運ぶ。あー、至福。この生クリームの絶妙な硬さに滲《にじ》み出る几帳面《きちょうめん》さはきっとレイラさん作だな。

マカロンも以前に増して綺麗な仕上がりだ。ピエもだが、形が本当に美しい。ルーカスさんの努力の賜物だね。きっと、あれからも何度も練習をしたのだろう。

廃棄されただろうマカロンたちには目を瞑《つむ》り、キャラメル味をサクッと一口齧《かじ》る。咀嚼《そしゃく》する度に口の中いっぱいにミルクの優しい味と焦がし砂糖の絶妙なハーモニーが広がる。毎日食べたい！

（お父さん、お母さん、ミリーは菓子店リサに住みます！）

いい具合に準備のできた紅茶に口をつける。酸味は少し強いが、渋さはない。

一口マカロンを食べては、紅茶を飲む。その繰り返しにミカエルさんの存在を忘れていた。

正面に座るミカエルさんに視線を移す。

「……ミカエルさん、見るだけじゃなくて、食べてください」

ミカエルさんは横に並べたマカロンたちを満足した顔で見るだけで、手をつけていない。

「並べるとさらに可愛い」

「食べないなら私が食べますよ」

「ちゃんと食べます……」

ミカエルさんがやっとお菓子を食べ始め、ベンチ席の後ろの壁を見ながら殺風景だと呟く。私はシンプルでいいと思うけど……

「一応、こちらにも黒板をかける予定なのですが……ミリー様、もしよろしければお店用に絵を描きませんか？」

「絵ですか？　描けますけど、数日では間に合いませんよ」

「完成はいつでも大丈夫です」

絵か……難しい。センスが問われるよね。画材の提供はミカエルさんがしてくれるそうだ。完成に期限はないと言われたので、何を描きたいのかは後から決めよう。

お菓子も全部食べ、店の視察は無事終了した。これだったら、貴族や商人のお披露目も大丈夫だろうと思う。従業員に挨拶をした後、馬車で商業ギルドへ向かう。

「ミリー様、菓子店リサはいかがでしたか？」

「希望通りで満足しています。ミカエルさんのおかげです。ありがとうございます」

「ご提供されたレシピ、それから従業員の頑張りのおかげです。ああ……従業員といえば、実はオーシャ商会でレシピの情報漏れがあったそうです。リサの場合、従業員全員と血の契約を締結《ていけつ》しておりますので心配はないのですが」

「え？　そんなことがあったのですね」

ロイさんも大変だな。ミカエルさんに詳しく尋ねたかったが、丁度商業ギルドに到着して聞きそびれてしまう。

◆

執務室に入るなり、書類と睨み合う爺さんがいた。久しぶりの爺さんは元気そうだ。

「こんにちはー」

「相変わらず元気だな。店の視察に行ったと聞いた。ジョーは、まだ登録から戻っていない。座って待つとよい」

ジョーがスライムちゃんのレシピ登録を終えるまで待とうとソファに向かえば、爺さんの執務机の上にあるスライムちゃんの残骸《ざんがい》が見えた。

爺さんは青色を嫌がるので、うぐいす餡のスライムちゃんと血走った目玉のスライムちゃんをメモ付きでもう一人の秘書に預けていた。目玉はまだ食べていないようだ。

「スライムちゃん、食べてくれたんですね」

「スライムちゃん？　この冷たくプルプルした菓子か。奇天烈な名前をつけおって」

「私がつけたんじゃないです！」

「何故、頬を膨らませている？　小鼠《こねずみ》のようだな」

小鼠《こねずみ》……ねぇ爺さん、せめてリスと言って！　リスなら王都の木々の上で可愛く走るのを見かける。小鼠《こねずみ》がいるのは大抵下水の通り道だ。

隣にいるミカエルさんは咳払いしながら言う。

「ギルド長、小さくともお嬢さんを小鼠《こねずみ》呼ばわりは失礼ですよ。ミリー様、リスのようで可愛いですよ」

「ミカエルさん！　ありがとう」

「リスも小鼠《こねずみ》と然程《さほど》変わらぬと思うが、確かにリスのほうが小鼠《こねずみ》より豪華な装《よそお》いだな」

爺さん分かっていない。その豪華な装《よそお》いが可愛らしいのだ。

「ギルド長。もう一つのスライムは特別なんですよ」

「あ、ギルド長――」

箱の中身を知っているミカエルさんが、止める前に爺さんが箱を勢いよく開ける。

「ぐっ。なんじゃいこれは！」

「血走った目玉のスライムちゃんです」

ククと声を出して笑うと、爺さんが真剣な顔で尋ねる。

「……売るのか？」

「……もちろんおふざけです」

渾身の目玉だけど、売る予定はない。それにたぶん一部のマニアにしか売れない。爺さん、もしかして血走った目玉スライムちゃんを気に入ったの？　爺さんは血走った目のスライムちゃんを皿に載せ、いろんな角度から観察するとせっかくだから食べるとフォークをグサッと目玉に刺し口に運んだ。

「うむ、白いのはなんだ？　悪くない」

「えっと、白インゲン豆です……」

爺さんによってぐちゃぐちゃにされ、食われる目玉スライムちゃんをしばらく眺《なが》めながら心を無にした。

「しかし、お主は本当に次から次へとレシピが出てくるな。どうなっているんだ、まったく」

やっと目玉スライムを完食した爺さんが言う。ミカエルさんは目玉がフォークで刺された辺りで早々に執務室を退室した。

「普通のスライムちゃんは売れると思いますか？」

「味は美味い。見た目と名前はどうであろうな」

スライムちゃんは期間限定なので、そのままの見た目と名前で挑戦してダメだったら変更すればいいと爺さんにアドバイスをもらう。

爺さんは執務机の書類に戻り、私はソファに座るとお絵かきを始めた。

先程、小鼠《こねずみ》と揶揄《やゆ》された怒りを込め黙々と描く。完成した絵はエリザベスカラーをはめ、冠を被った爺さんそっくりな風貌に仕上げた王様ネズミだ。どうだ！　胸を張って披露すると、爺さんが眉間をつまみながらため息をつく。

「……私が悪かったから、このような王族に対して不敬罪になるような絵を描くでない」

「不敬罪ですか？　すぐに描き直します」

不敬罪にはなりたくない。この冠が邪魔だ。冠をアレンジしてチーズに変える。これなら大丈夫だろう。

「うむ。王冠さえなくて、襞襟《ひだえり》くらいなら大丈夫であろう。しかし、動物に服を着せるとは……相変わらず、お主は不思議な子供だ」

「この絵は、ギルド長にあげます。名前も付けています。小鼠《こねずみ》のエンちゃんです」

爺さんの無言の鋭い視線が刺さる。


少しして、レシピの登録が終わったジョーが執務室に入ってきた。

「お父さん、お疲れ様」

「ミリー、店の視察はどうだった？」

「いい感じだったよ」

「そうか。よかったな！　スライムちゃんも無事、レシピ登録してきたぞ」

ジョーが笑いながら視線を執務机上に移す。それからその端に置いてある、血のりが付いた皿に気が付いたのか真顔になって続けた。

「今回の登録については審査するギルド員も驚いていたな。これでもかってくらい、目を丸くしてた。うん、目がな、目が血走っていたな……」

「あー」

「あー、じゃない。まったく。目玉は持っていかないと言っていただろ？」

ジョーに少し叱られた後で、爺さんが助け舟を出してくれる。

「ジョー、気にするな。確かに目玉には驚いたが、味はよかったぞ」

血走り目玉スライムちゃんは、ジョーには不評だった。ジョーだけではなく、マリッサやケイトにも叫ばれてしまった。ガレルさんの隣にコソッと置いてビクッとしてたのは面白かったと思い出し笑いをすれば、ジョーが呆《あき》れたように言う。

「ミリー、碌でもないことを考えてるだろう」

ジョーに、人差し指で額をグリグリされる。

「お父様！」

「この前、イタズラの延長でドアを壊したのは誰だった」

「私です……」

イタズラはほどほどにしよう。最近、妙に子供っぽくなる時がある。

「ジョー、それくらいにしてやれ。それよりも、洗濯機の情報が貴族に伝わり始めている。猫亭では実際に制作をしてないから大丈夫だろうが、他の一か所については製造方法を盗んだり買い取ったりとちょっかいを出されないようにお主から気をつけるよう忠告しておけ」

「分かりました。ご忠告ありがとうございます」

「ミリアナ。お主も気をつけよ。さすがにお主がペーパーダミーの商会長とは悟られないだろうが、気をつけるべき人物のリストを後で送る。しっかりと勉強しておけ。お主には危機感が足りぬ」

「……分かりました」

「菓子店リサへの注目度は高く、すでに貴族からの探りが入っている。それは商人についても同じだがそちらについては委託先が商業ギルドだと知れば、表面上は静かにはなる。オーシャ商会も大変で――」

「え？」

「話しすぎた。気にするな」

爺さん、気にするなって……そこまで意味深長な言い方をされたら気になるんですけど。

オーシャ商会は菓子店リサよりも一週間早くすでにオープンしている。そういえば、ミカエルさんもオーシャ商会のトラブルについて話をしていた。

「オーシャ焼きやソフトクッキーは無事なんですか！　まだ食していない、オーシャ商会の新しいお菓子の安否は？」

「お主は、何に不安を抱いているのだ……心配するでない。オーシャの店はすでに普通に営業しておる」

「そうなんですね。安心しました」

ホッと胸を撫《な》で下ろす。オーシャ商会にも頑張ってお菓子を広めてほしいのだ。

「よくある話だ。大したことじゃない」

「そう言われたら、逆に知りたくなりますけど……」

爺さんから、ある程度の事実だけを教えてもらう。ミカエルさんから聞いた通り、スパイに関してだった。オーシャ商会では製法の一部が外部に漏れたらしい。

漏れたとしても、すでに登録をしている商品の販売権が盗られるとかはないらしいんだけど。

爺さん曰く、秘匿されている製法が欲しい貴族の仕業だろうということだった。公開していないレシピを手に入れたかったのではという見解だった。製法が盗まれたとしても、その後に個人で使う分には立証が難しいらしい。

「やっぱり貴族ってめんどくさいですね」

「滅多なことを言うでない」

爺さんの執務室を退室して、ジョーと仲良く家路に着く。

その後、爺さんの『注意すべき人物』なるリストが届いた。巻物になっていたリストをペロンと広げる。

「リスト長っ」

イタズラ

　風呂用の樽に浸かると、顎から落ちた水滴がチャポンと水面に落ちる。

　うーん。樽が狭くなってきたような気がする。ジークと二人で浸かるとさらに狭い。きっと、成長しているからだろう。今日の風呂は外が暑いのでぬるま湯だ。

「ねぇね！」

　ジークからバシャバシャと顔に水をかけられる。

「こら！　イタズラ好きめ！」

　シャンプーを使い、ジークの髪をワシャワシャと洗う。フワフワの泡で包まれたジークの髪がまるでアフロのようだ。本当にフサフサだ。

「ねぇね。カニしゃん！　カニしゃん！」

　ジークが、いつも私が出す土魔法のカニを出すように要求する。

　ジョーとマリッサは宿の仕事で今夜は遅い。ラジェとマルクはリビングにいるけれど「乙女の入浴中は覗《のぞ》いちゃダメよ」と冗談交じりで揶揄《からか》ったら二人とも顔を赤くしていたので、誰も急に部屋に入ってくることはないだろう。

「じゃあ、カニさんと遊ぼっか」

ジークのために土魔法でカニを出す。

「カニしゃん！」

ジークは私が土魔法で出した横歩きする生物を初めて見た日以来、すっかりカニの虜だ。土魔法で語るサルカニ合戦芝居を一通りやったら、樽から出る時間になった。

「ジーク、ここに座って。髪を乾かそうね」

火と風の魔法を混合したドライヤー風の魔法でジークの髪を乾かす間、ウトウトしていたジークが椅子から落ちそうになる。

「ジーク、ベッドで寝ようね」

ジークをマリッサたちの部屋で寝かしつけ、リビングへ向かう。

リビングではマルクとラジェが勉強中だった。私に気づいたマルクが顔を上げる。

「ミリーちゃん、ジークは無事に寝たのかな？」

「うん。水でたくさん遊んだから疲れたのか、すぐに寝たよ。二人はなんの勉強をしているの？」

「かけ算の勉強の続きだよ」

マルクが二人で解いたかけ算の木簡を並べる。

「いい感じだね。九九を覚えるのも早かったし……二人とも天才だね」

「ミリーちゃんのほうが天才だよ」

マルクに褒められ、ニッコリと笑う。ありがとう、マルク。でも、こっちは精神年齢三十七歳だから……そんなことは二人には言えないけどね。

「樽のお湯はクリーンしたから、いつでも入れるよ」

マルクが樽風呂へ向かうとラジェとリビングルームで二人きりになる。

ラジェは算数の他に、この国の言葉の読み書きも勉強中だ。話す方については日常会話は随分と流暢になった。ほとんど問題ないと思えるほどだ。子供は吸収が早いと言うけれど、ラジェの場合は元々の地頭がいい。耳も聞こえるようになったし。

「ミリーちゃん、教会が開いてる字を教える教室に通ったらどうかって、女将さんに勧《すす》められた」

「そうなんだ。私にも同じことを言ってたよ。青空教室で女の子の友達も作ってほしいみたい。ラジェは行きたい？」

「僕は……」

ああ、そうか……新しく人と会っても耳が聞こえづらいフリをするのは心苦しいよね。なんとかして、違和感なく周りにラジェの耳が治ったことを伝えたい。青空教室はそれまで保留だ。

「私は今すぐ教室に行かなくてもいいかな。また別の機会に……来年以降とかでいいかな」

「……うん。僕も」

「あ！　それ、サソリだね」

話題を変えるためにラジェのベルトについているサソリを指差す。

ラジェは本当にサソリを気に入っているみたいで木で象ったサソリをベルトにつけている。子供だからまだ可愛いけど……大人だったら、サソリのバックルをつけたどこかの怖いお兄さんだ。サソリは丸みを帯びた愛らしい仕上がりで、ラジェによく似合っている。

「アクラブ。枕元に置くと、ガレルいつも驚く」

「ククク。あんまりイタズラしてるとまた怒られるよ」

以前怒られたのもなんのその、私もラジェも大概悪ガキだ。猫亭での一番のイタズラの被害者は現在ガレルさんだ。

しかしこの前、ラジェはついにガレルさんから仕返しをされたらしい。

置いていた靴に中にフサフサの何かが入っていて、ネズミだと思ったラジェは悲鳴をあげたという。でも、そのフサフサはガレルさんが仕かけた、ただの動物の毛皮だった。ガレルさんもやるな。

ラジェと二人でクスクス笑っているとマルクが風呂から上がってくる。

「ラジェ、樽空いたよ～。今日は丁度いい熱さだったよ」

「僕の番だね」


ラジェも水浴びを終え、二人でソファに座りながらおしゃべりをする。

ジョーはいつも帰りが遅いが、今日は珍しくマリッサもやけに帰宅が遅い。夏はいつまでも外が明るい分、食堂の営業時間が長くなる。

(忙しいのはいいけど、二人とも無理していないといいな……)

そんなことを考えていたら、二人そろっていつの間にかソファで眠ってしまったらしい。

隣のラジェとマルクはよく寝ている。二人に麻の薄いタオルケットをかけ部屋に戻ろうとすればコソコソとドアの外から話し声がした。たぶん、ジョーとガレルさんだ。なんで入ってこないんだろう？

　ドアを先に開ける。

「二人ともお疲れ様！」

「ミリー！　な！　いや、まだ起きていたのか？」

　ジョーが驚きながら尋ねる。

「ソファで寝ていたけど……今からベッドに向かうところだよ」

「そうか。お休み。うん」

　ジョーの顔は暗くて見えないが、腕を押さえているのが分かる。

「お父さん、腕、どうしたの？」

「ああ。ちょっと切ってしまってな。大丈夫だ。ちゃんと洗ってクリーンしたぞ」

　ジョーが腕を隠すようになんでもないと言う。

「大丈夫？　傷は深いの？」

「いや、そうでもない……」

「旦那さん、嘘はダメだ。傷は深い」

　ガレルさんがジョーを介抱するように支える。

　え？　そんなに酷いの？　腕を見せるのを嫌がるそぶりを見せるジョーの顔に問答無用でライトを照らし確認すれば、顔には殴られた痕と血がついていた。

　急にライトで顔を照らされたジョーが焦りながら言う。

「ちょ、こら！　ミリー」

「お父さん、誰かにやられたの？　お母さんはどこ？」

「心配すんな。マリッサは下でネイトや冒険者と後片付けをしてる」

マリッサが無事なのを聞いてホッとする。

「誰にやられたの？」

「ただの酔っ払いだ。知らないやつ。ミリーが心配することじゃない」

ん？　視線を腕に落とすと何かおかしい。

暗くてよく見えないのでライトを追加、ジョーの顔を触って確認するが……これ、怪我なんかしてなくない？　どういうこと？　指についた赤いものの匂いを嗅《か》ぐ。

「なにこれ……トマトソース？」

首を傾《かし》げジョーを見上げると、ガレルさんと二人してニヤニヤした顔で私を見ていた。

あ！　これ二人のイタズラだ！

「ひど～い！」

「クク。ミリーが最近イタズラばっかりしているから、仕返しだ」

ジョーがドヤ顔で言うが、これ普通の七歳児ならトラウマ級だから！　ガレルさんまで巻き込んで……私が寝ていたらどうするつもりだったんだろう？

「顔のその殴られた痕は？」

「炭だ」

「ぷぅ！」

頬を膨らませ、ジョーに不満を見せる。

「小鼠《こねずみ》――」

「・・」

「リスです！」

「ミリー、俺が悪かったからそんなに頬を膨らませるなって。そうだ、これ食うか？」

そう言いながらジョーが持っていた袋からベリーのスコーンを取り出す。えへへとジョーと一緒に笑うと後ろからマリッサの声がした。

「ジョー、何をしているの？」

◆

しばらくいろんなイタズラが続いたことで、マリッサから『スパーク家イタズラ禁止令』が出された。ジョーもマリッサにこってりと叱られたようだ。反省しています。はい。

それから、菓子店リサの貴族のお披露目は無事終了したとミカエルさんから連絡がきた。結果は高評価……というよりも質問の嵐だったそうだ。今まで王都になかった新しいお菓子の数々が世間の話題になるのは間違いないと、ミカエルさんの手紙の文字が浮足立っていた。

お茶会やパーティーなどのケータリングの申し込みが殺到。貴族間の噂《うわさ》をいち早く聞きつけた商人からは、なんとしてもオーナーの私と縁を持ちたいと詰め寄られているそうだ。

商人を招待したプレパーティは今日なのに、我先にと商人がミカエルさんに面会を申し込んでいるらしい。

貴族へのお披露目の次の日から、ペーパーダミー商会に登録されているレシピも売れ始めているとのことだ。公開しているお菓子店リサ関係のお菓子のレシピは少ないが、そのお菓子のレシピと抱き合わせ的に料理のレシピもバンバン売れているそうだ。

そして、明日はついに菓子店リサのグランドオープンだ。このオープンには私もジェームズとして参加する予定だ。

菓子店リサの成功を考えながら手元の難題に取りかかる。パチガチと音を立てながら唸る。

「む、難しい」

今やっているのは爺さんに貰《もら》った二つ目のパズルボックスだ。忙しくてしばらく放置していたけど、急に中身が気になったので頑張って解いている。が、複雑すぎる……

前のパズルもだけど、これは子供用じゃないよ。爺さん！　いったい爺さんはこれにいくらお金を出したんだろう？　絶対に高いよね。

「ミリーちゃん、何をしてるの？」

「ラジェ！　パズルボックスだよ。知ってる？」

「初めて見た」

「もう一個あるから、ラジェもやる？」

「うん。僕、今日はお仕事ないし」

ラジェは、今日はお休みか。

以前、爺さんに貰《もら》ったパズルボックスには薬草と香辛料の残りを入れている。解いて中身が薬草ではつまらないから、ラジェのために土魔法で作った砂漠の動物の模型でも入れよう。

砂漠の動物といえば……あ、そうだ！

早速作った模型をパズルボックスに入れる。

夜中に放つ魔法はいつも最後に消す場合が多いけれど、消していない魔法は案外長持ちする。以前、穴を開けてしまった壁とかは未だに私の土魔法で塞がっているしね。

パズルボックスは一度解いたら物を入れられるところを自由に開け閉めして使用できるようになっている。もちろん再び解きたい時は仕かけを一個一個戻さなくてはならないので少し面倒だけど。

模型を入れたパズルボックスをラジェに渡す。

「ラジェ、これを解いてみて。中にプレゼントを入れておいたから」

「凄《すご》い。ミリーちゃん、ありがとう」

二人で黙々とパズルボックスに集中していると、いつの間にかお昼の時間になっていた。

食堂にお昼を取りに下りると、なんだかいつもと違う匂いがする。ラジェと一緒に厨房を覗《のぞ》くとジョーと目が合った。

「お、来たか。今日の昼の賄《まかな》いは特別にガレルたちの国の料理だぞ。ファイジというコロッケに似てる豆を使った料理だ。ミリーたちのために今さっき揚げたぞ」

「お父さん！　ありがとう」

皿にはたくさんの揚げられた丸いボールが積み重なっていた。おお。これ、ひよこ豆で作るファラフェルだ。ここではファイジって言うのか。あれ……でも、クミンの匂いがしない。

ガレルさんが追加のファイジを皿に載せながら言う。

「本当は、癖のある香辛料を入れる。でも、ここではあまり好かれない」

「そうなんですね。十分美味しそうです」

「ソースと野菜もある。全部持てるか？」

「ラジェもいるので、大丈夫です」

ラジェとファイジを持って四階へ戻る。ソースはヨーグルトとニンニクのようだ。

ファラフェル……前世で初めて食べた日が懐かしい。確かフードトラックが仕事場の近くに出てたんだよね。その時はサフランライスにチキンやファラフェルをのせる『オーバーライス』っていうニューヨークのソウルフードスタイルだったけど、ファラフェルは元々は中東発祥の伝統料理だ。

以前食べた物には胡麻のタヒニソースが付いていた。今世でもこれが食べられるのが嬉しい。

やっぱり香辛料が盛んに使われているという砂の国は一味違うね。

ファラフェルを一口食べる。あー、揚げたてカリッカリで中はホクホクだ。揚げ物とはいえ豆が主原料だから確かとてもヘルシーな食べ物だったはず。あー、美味い。次のファラフェルをフォークに刺し、ラジェに尋ねる。

「ラジェも食べてる？」

「うん。美味しい。けど……何か足りない。香辛料？」

「ああ！　待ってね」

パズルボックスから取り出していた粉のクミンをソースの中へ加える。クミンの独特の香りがするが、これでラジェの知ってる味に少しは近づけたかな？

ラジェがクミン入りのソースをつけてファラフェルを食べる。

「うん。僕の知っている味」

やったね。クミンの匂いを嗅《か》いだら、またカレーにチャレンジしたくなった。今度はひよこ豆のカレーとかいいんじゃない？　ああ、カレーのことを考えるとヨダレが出てしまう。

たくさんのファラフェルを堪能した後は、二人ともしばらくソファから起き上がることができなかった。

たっぷりと昼寝を楽しんだ後、再びパズルボックスに挑む。

「ラジェ。どう？　解けてる？」

「難しい。けど、もう少し。ミリーちゃんは？」

「開きそうと思ったけど、ダメだった。同じ場所をぐるぐるしてるよ」

さらに集中してどうにかパズルを解こうと奮闘していると、少ししてラジェのパズルボックスが開いた。

「おお。おめでとう」

「ありがとう！　ミリーちゃん、これは何？」

ラジェがパズルボックスの中の模型を見ながら首を傾《かし》げる。

「それは、ラクダに乗ったミーアキャットだよ」

「猫？　この馬は何？」

え……どうやらラジェはラクダを知らないらしい。ミーアキャットはともかく……もしかしてラクダが存在しない？　砂漠をいえばラクダのイメージだったのだけど。なんとか誤魔化しを入れながら、ラクダの説明をする。ラジェはいまいちラクダがよく分からないようだけど、模型のラクダに乗ったミーアキャットは気に入ってくれたようだ。

「砂漠の移動はどうしてるの？」

「サンドリザードかバトルホースで移動するよ」

うん……魔物ね。知ってた。

バトルホースは凶暴だが、主人と選んだ人には従順だという。サンドリザードは温厚で馬よりも飼育しやすいそうだ。温厚な魔物の話を初めて聞いたかもしれない。人が従える魔物か……その話も初めてだ。

「ミリーちゃんの箱は何が入っているんだろうね？」

「なんだろうね」

爺さん……箱の中が『アタリ！　もうひと箱プレゼント！』とかだったら小鼠《こねずみ》の逆襲でもしてやろうかと思うけど……爺さんは無理に開けると中身が壊れると言った。うーん。中身が気になるのでパズルボックスを続ける。

窓から空を見上げると、気づけばもうすぐ夕方だ。もう少しで解けそうなんだけどなぁ。

もう動かせられるピースは一つなのに、さっきからそれを左右にスライドしても何も起こらない。

(あ、もしかして押すの?)

ピースを押すとパズルボックス上から鍵がシュッと出てきた。よし、これで終わりだよね? もう終わりじゃなかったら今日は諦める! 鍵を回すとパチンと大きな音がパズルボックスからしてパカッと上が開く。

「お! ついに!」

隣にいるラジェと共に息を呑み、そっと開き中を覗《のぞ》く。ん? ガラス? 箱に入っていたそれを取り出す。

ああ、これは砂時計か!

細工が細かく、とても綺麗だ。内側の木の部分に何か文字も彫ってあった。


―時間という宝は戻ることはない。砂時計で流れる時間を噛み締めよ―


「え? ポエム?」

これは爺さん作のポエムなのか?

「砂時計だね。綺麗だね」

「うん」

夕日に照らされキラキラと光る砂時計をラジェとしばらく眺《なが》めた。

菓子店リサ

今日はいよいよ菓子店リサのグランドオープンの日だ。商業ギルドの見習いの制服に着替え、朝からワクワクしながらミカエルさんの迎えを待つ。

「ミリー様、お待たせいたしました」

「ミカエルさん、おはようございます」

馬車に乗り、中央街に向け出発するとミカエルさんが笑顔で言う。

「いよいよ本日開店ですね。おめでとうございます」

「ありがとうございます。ミカエルさんのおかげでここまで来ました」

「マカロンへの私情は少々ございますが……私は雇われた分の仕事をしただけですよ」

ミカエルさんの少しだけ照れた顔にほっこりする。

「そうだ。これミカエルさんへのリサのオープン記念のプレゼントです」

今日のために準備していた二つの小さな木製のマカロンが付いたキーホルダーをミカエルさんに渡す。

「こ、これは、マカロンですか！」

ミカエルさんがマカロンキーホルダーを凝視《ぎょうし》する。これは木工屋のビリー君にお願いして作ってもらった品だ。最初は断られたが、賄賂《わいろ》としてチーズ入りコロッケを匂わせたらすぐにキーホルダーを作ってくれた。

三つのマカロンにはライム色、黄色にピンク色の色つけもしてくれて、仕上がりはとても可愛い。ビリー君にはしつこくチーズコロッケの販売日を尋ねられたけど……コロッケへの執着が凄《すご》い。コロッケに似たファラフェルのことは彼には内緒にしておこう。

ちなみにファラフェルことファイジはすでに砂の国の商会にレシピ登録をされているので猫亭で出すことはないと思う。個人で作る分にはなんの問題もないんだけどね。

砂の国では家によってファイジに入れる野菜が違うそうだ。ガレルさんの家のファラフェルはパセリに似た植物かほうれん草を入れるそうだ。

なんだか静かになったミカエルさんに尋ねる。

「気に入っていただければ嬉しいです」

「とってもとっても可愛いです。ミリー様、ありがとうございます」

ミカエルさんは、早速自分のベルトにマカロンのキーホルダーをつけてくれた。動く度にマカロンが揺れて可愛い。

「そろそろ到着しますね」

ミカエルさんからいつもより満面の笑みを向けられる。馬車の外を見れば、見覚えのある中央街の景色と長い列があった。列を二度見してミカエルさんに尋ねる。

「あの列はまさか……」

「はい。ここ数週間、お菓子作りの匂いだけでも大きな宣伝効果になっておりましたが、貴族と商人に渡した『お土産』が効いたみたいですね。ご家族や使用人からの口コミが短期間で一気に広がったのでしょう」

「それにしても、凄《すご》いですね」

口コミ……王都ではそういうのはゆっくり流れると思っていたのだが。

「オーシャ商会のお店も連日客足が絶えないとのことでした。それだけ、お菓子に注目が集まっているのです」

「そうなんですね……」

甘味は売れるとは思った。けど、実際の火のつきようを目の当たりにすると少し怖い感じもする。

ブルッと肩を揺らす。これが、武者震いなのか。

「お店は……表から入るのは厳しそうですね。裏から入りましょう」

御者に裏口へ馬車を回してもらい、店へ入る。フワッと甘い匂いが漂う厨房は慌《あわ》ただしく、全員が忙しそうに動いている。

「ミカエルさん！　おはようございます」

私たちに気づいたルーカスが挨拶すると、厨房の料理人全員が声を揃《そろ》え挨拶する。

「ルーカス。開店の準備はいかがですか？」

「予定通り順調に進んでいます。ただ、外で並んでるお客さんが思ったより多いです。商品が足りるか不安なので、念のためにクッキーを追加で焼いています」

「大丈夫です。売り切れても、それはそれで希少価値が高くなりますから」

ミカエルさんが商人の顔で口角を上げる。

厨房の奥ではレイラさんが一つ一つ丁寧にカップケーキの飾《かざ》りつけをしていた。やっぱり几帳《きちょう》面《めん》だな。それに丁寧だけど、動きが速い。あっという間にカップケーキが量産されている。

厨房からホールに移ると、前回視察に訪れた時とは全く違う空間になっていた。

壁や家具は同じなんだけど、テーブルに敷かれた白いテーブルクロス、それから棚やテーブルには綺麗に整えられて並ぶお菓子の数々があった。二つあるショーケースの一方に並ぶのはミルクレープ、ベイクドチーズケーキにレーズンサンド、それから主役と言っても過言ではないもう一方のショーケースは色とりどりのマカロン専用で一際目を引く。実際にこうやってお菓子が並ぶと、それだけで一気に華やかさが出る。映えてるな〜。

テーブルの花を整えていたビビアンさんがこちらに気づき顔を上げる。

「ミカエルさん、おはようございます」

「ビビアン、表の準備はいかがですか？」

「予定通りです。ショーケースに商品を移し、棚の陳列《ちんれつ》はすでに終えています。今は最終チェックを行っております」

ミカエルさんとビビアンさんが話す間お店を一通り眺《なが》め、少し目元が熱くなる。

（ここまで来たんだ……）

なんだか準備している間も深く考えていなかったけれど……お店を持つという責任がジワジワと

押し寄せてくる。このなんとも言えない高まる気持ちを一人でほんの少しの時間だけ堪能する。

ミカエルさんが少し心配したように耳打ちする。

「ミリー様、大丈夫ですか？」

「は、はい。少しだけボーっとしてました」

「大丈夫です。それではビビアンにジェームズにも仕事を振ってもらいましょう」

「頑張ります！」

今日、私はジェームズとしてお店の開店を手伝う予定だ。

「ビビアン、見習いのジェームズを貸し出しますから、上手くこき使ってやってください」

そう言いながらミカエルさんは私に向かってこっそりとウインクした。お茶目な表情はレアだ。

脳裏に記録しておこう。

ビビアンさんに商人の挨拶をする。

「ジェームズ……ジェームズ・セッチャークです」

このおふざけで付けた名前は今からでも変えられないかな。ビビアンさんが優しく微笑《ほほえ》み言う。

「はい。今日は、よろしくお願いするわね。計算はできるかしら？」

「はい。計算も商品の説明も勉強しました」

実際に菓子店リサに並ぶお菓子の説明をいくつかして、計算のスキルを披露する。ビビアンさんは驚きながら誉めてくれる。

「商業ギルドの見習いは小さくとも優秀なのね。ここまで商品説明が上手いのなら大丈夫ね」

ビビアンさんに振り分けられた私の配置は棚の近くだ。商品の説明をしてお持ち帰りのお客さんを接客する係。お菓子の説明なら誰にも負けない自信はある。

ミカエルさんは、すでに注文の入っている貴族のため、特設した受け取りカウンターで応対をする予定だ。実際受け取りに現れるのは扱いが丁重でなくてはいけない貴族ではなく、その使用人だが、特設カウンターは本日だけなのでミカエルさんが担当するという。

開店の時間が迫っている。そろそろ菓子店リサのグランドオープンの時間だ。

ルーカスさんが、厨房から出てきて集合をかけると、全員が素早く行動してルーカスさんの目の前に整列する。

「よし、いよいよあと数分で菓子店リサのグランドオープンだ。見ての通り、すでに列をなしてオープンを待っているお客さんがいる。リサの菓子が美味しいのは当たり前だ。だが、この菓子に見合うサービスをみんなには期待している。全員気を引き締めて今日を乗り切ろう！」

――はい！　そう全員が緊張と希望にあふれた顔で返事をした。

ルーカスさんを総括の料理長にして正解だった。全員のやる気が引き出されている。

ビビアンさんが開店と同時に店のドアを開けるとチリンチリンと備えつけのドアベルが鳴った。

菓子店リサがついにオープンする。

◆

早速、お客様第一号が入店する。中年の男性だ。胸元のポケットには眼鏡が入っている。こっちにも眼鏡があるんだ。初めて見た。不揃いの白髪の髪の下から茶色髪が覗《のぞ》く。カツラなのかな？

「いらっしゃいませ。当店の記念すべき最初のお客様をダイニングにご案内いたします」

「は、はい」

ビビアンさんに案内された男性は、一人で席に向かう途中、ショーケースを見てパッと顔色を明るくするとそのままニンマリと笑った。あ、私と同類の気配がする……

店内飲食のダイニング利用客とお持ち帰り希望のお客さんは別に並んでもらった。ダイニング待ちのほうが列は長いが、持ち帰りのお客さんの列もなかなか長い。

いっぺんにお客さんが入ってきても混雑するだけなので、入場制限もしている。案内人として、店の外にはレイナードさんという三十代の従業員が立っている。どことなく執事っぽい雰囲気のある人だ。今日も外は日差しが凄《すご》いから後で水分補給に飲み物を持っていこう。

トントンと肩を叩かれ振り向くと、女性客がパウンドケーキを指差しながら尋ねる。

「あの、これはなんですか？」

あ、外の列に気を取られていた……担当している棚のエリアにも次々とお客さんが入ってきていた。

「いらっしゃいませ。こちらはパウンドケーキといって、バターが香るしっとりとした食感のお菓子です」

「まぁ。そうなの？　パンのように見えるけど？」

「パンとは違いますよ。こちらのお菓子は試食できます。どうぞ」

「え？　食べてもいいの？」

「はい。こちらはプレーン味のパウンドケーキです」

「まぁまぁ。しっとりして、バターの香ばしさが口の中に広がるわね。砂糖もふんだんに使われてるのね。甘くて美味しいわ」

説明するよりも実食するほうが味は分かる。ミカエルさんに試食を提案した時は驚いていたが、理由を説明すると試食に賛成してくれた。

ミカエルさんが驚いたのも分かる。リサで出すお菓子はどれも結構いい値段だ。でも、裕福な平民でも味の分からない物に財布が緩くはならない。

試食を取り入れて、みんなの財布の紐をね……こうブチッと。グヘヘ。

接客中なので下衆な笑いは心の中だけにする。

そういえば、ミカエルさんにはとてもいい笑顔で「マカロンの味見は必要ないですよね」と圧を込めて言われたのが忘れられない。ミカエルさんのマカロン愛が止まらないってのもあるけど、こちらの商人の基本的習性なのか……無料で何かを渡すのを徹底的に嫌う。試食の説明をした時のギルド長の爺さんなんて鬼の形相《ぎょうそう》だった。

そんな顔に「お祖父ちゃんこわーい」って言ったら、お主のほうが怖いと言われた。

失礼な！　少女のラブリースマイルフェイスだよ？

思考が脱線したけど、マカロンに関してはかかるコストが大きいから、味見でばら撒く予定はない。だからミカエルさん、安心して！

遠くからミカエルさんにウインクをするが、忙しそうなので気づいてもらえない。

ともかく、今回の味見はパウンドケーキとナッツバタークッキーのみだ。もちろん一人一回限定。グルグルと回って、また味見に来るとかはナシだ。

タダで食べられるのをいいことに試食目的の輩が現れるかもしれないという懸念から、試食はオープンの最初の週だけ行うと決まった。

パウンドケーキを試食して笑顔になった女性の前に、バリエーションを並べる。

「パウンドケーキはお召し上がりになったプレーンの他に、レモン、紅茶、それからオレンジ味があります」

「二日後に来るお客様にお出ししたいのだけど、硬くなったりしないかしら？」

「包み紙もありますし、数日中でしたら美味しく食べることができますよ。涼しい場所に保存して五日以内には食べ切ってください」

女性は少し悩んだようだけど、すぐに頷《うなず》きながら言う。

「それじゃ、プレーンと紅茶を一本ずつお願いするわ」

「ありがとうございます！」

「あのガラスのケースの中のお菓子もお持ち帰りできるのかしら？」

女性がケーキの入ったショーケースを指差す。

「あちらは生のクリームを使ったものが多いため、ダイニングのみでのご提供になります。こちらのケースのマカロンはお持ち帰りできますが、日持ちが短いので本日中か明日までにはお召し上がりください」

生クリームを使用している要冷蔵の菓子類の持ち帰り……これは今後の課題だ。どうしても品質の問題、衛生面での問題がある。

課題といえば、貴族からのケータリング依頼もある。ミカエルさんは依頼はよく吟味して、優先順序を考えて選ぶと言っていたが、それでも当面は開店したばかりのリサに集中したいからと断りを入れるそうだ。その辺りの判断はミカエルさんに任せる。

「そうなの？　お客様にお出しできないのは残念ね。でも可愛らしいし、少しお値段が張るけど娘に買って帰ろうかしら……」

女性の娘さんは私と同じ年くらいらしい。

「僕のおすすめはベリー味とキャラメル味です。キャラメルはミルクと砂糖の絡まる濃厚な味です」

「ふふ。分かったわ。じゃあ、ベリーとキャラメルを二つずつ包んでちょうだい」

「ありがとうございます。銀貨二枚です」

パウンドケーキは一本なら銅貨六枚。ピース売りなら一切れ小銅貨六枚。マカロンは一つ銅貨二枚だ。まとめ買いで砂糖の値段が安くはなったが……包装費などのコストも含まれるから結局この値段になった。

貝のロゴマークのついた包装紙にパウンドケーキを包む。この紙は薬包紙と同じ種類の、前世でいうパラフィン紙に似たものだ。手土産用の箱もあるが、そちらは有料とした。

(今思えばこの紙のワックスはもしかしてキラービーの蜜蝋《みつろう》なのかもしれない……)

パウンドケーキを包み終わると、次話マカロンを包んだ。マカロンだけは無料で専用の箱をつけている。マカロンだけ特別待遇だ。

まあ、マカロンは一つ一つが小さいし、持って帰る途中で潰れてしまうかもしれないから専用の箱に文句はないんだけど……ミカエルさん、マカロンに私情が入ってない？

女性に商品を渡し、代金を受け取る。

「ありがとうございました」

「まぁ！　マカロンは箱まで可愛いのね。今度は娘とダイニングに来るわ」

これで私の菓子店リサの初接客は完了だ。女性を見送りながら胸が熱くなる。

チリンチリンと再びドアベルが鳴る。感動に浸っている場合ではない。

次のお客さんだ――

◆

開店から一時間ほど経って、ビビアンさんに声をかけられる。

「ジェームズ君、上手くやれているかしら？」

「はい！　いっぱい売れてます。味見のおかげでパウンドケーキが特に売れています」

「そうね。ミカエルさんから味見の話を初めて聞いた時は驚いたけど、パウンドケーキやナッツバタークッキーは持ち帰り客のほとんどの人が購入しているわね」

味見もだが、パウンドケーキはシェアできるから購入しやすいのだろう。ビビアンさんによると、ダイニングではミルクレープとチーズケーキ、それから試しにとマカロンを頼むお客さんが多いということだった。

「今からお茶のお代わりをお出しするあのお客様なんかは、チーズケーキ二個目なのよ」

お客様第一号の中年の男性だ。チーズケーキ、マカロン、バクラヴァにパウンドケーキの皿をモクモクと食べる男性……どれだけ食べるの？　甘党なのかな？　でも、気持ちは分かる。

「ビビアンさん――」

ビビアンさんが、別の従業員に呼ばれる。ん？　トラブルか？　どうやら、外の列で何かがあったようだ。

「ビビアンさん。僕、手が空いているからそのお茶を持っていくよ。給仕は以前もしたことあるから大丈夫だよ」

「そう？　じゃあ、お願いするわ」

紅茶を例の甘党中年の男性に持っていく。テーブルに敷き詰められた皿たち……本当に凄《すご》い量のオーダーだな。マカロンも全種類注文している。

「お待たせいたしました。こちら紅茶のお代わりです」

「あ、ありがとう。うん」

「お菓子のお味は、いかがですか？」

「どれも、とても素晴らしい！　特にこのチーズケーキは素晴らしい。まさかチーズからこのようにクリーミーで濃厚な菓子ができるとは！　これの材料は普通のチーズではないよね？　レシピは公開されている？　それから、このバクラヴァ。パイ全体に蜜《みつ》を浸《ひた》すという発想が今までなかった。とても甘いが、一口食べる毎に甘い蜜《みつ》が垂れ——ああ、なんと贅沢《ぜいたく》な菓子なのだろうか。マカロンも素晴らしい。この色はビーツか？　それとも別の野菜？　このキャラメルという焦がしミルクもクセになる。これは菓子というより宝石だ。妻と息子も連れてくればよかった」

男性に一気にまくしたてられる。物静かかと思ったけど、何この急な炸裂《さくれつ》トーク話しに必死になり過ぎて口ひげがズレたような気がする。

それだけ菓子を気に入ってもらったのだろう、と、思うことにする。

「気に入っていただけたようで、嬉しいです。レシピは現在非公開ですが、お持ち帰りをできる菓子もあります。お帰りの際にご注文いただければテーブルにお持ちします」

「そうさせていただくよ。できれば全部注文したかったが……チーズケーキがあまりにも美味しくて、おかわりしてしまったのだよ。はは。他に何かおすすめはあるかな？」

テーブルを見れば確かに注文されていない物がある。それを勧《すす》めよう。

「レーズンサンドはいかがでしょうか？　サンドされたクリームは生クリームよりも重く弾力があり、外側のクッキーと、レーズンを混ぜたそのクリームが絶妙に調和してます。味は甘すぎずくどくなく、お酒にも合います」

「そうか。うん。それも後で注文するよ」

「ごゆっくりお楽しみください」

会計カウンターに戻ればビビアンさんがいた。表の問題は大したことではなかったみたいだ。

外で案内をしているレイナードさんに冷たい水を差し入れをする。

「ミカエルさんと一緒にいた、ジェームズ君だったか？　助かるよ。暑かったから丁度よかった。ん？　氷が入っているのか？　贅沢《ぜいたく》な差し入れだな」

「できるだけ日陰にいてくださいね。それから、何か問題があったのですか？」

「ああ、聞いたのか？　少々騒ぎを起こした客がいたが、ビビアンさんが収めてくれたぞ」

どうやら順番待ちの列に無理やり割り込もうとしたやつがいたらしい。列はまだ長そうだ……暑い中、大丈夫かな？

暑いとイライラも増すよね。それでも並んでくれているお客さんに感謝だ。ミカエルさんから許可をもらい、待っているお客さんに冷たい水を配る。

「おお。坊主、助かる。氷入りか？　これは得したな」

「ありがとう。丁度喉が渇いてどうしようかと思っていたのよ」

優しいお客さんが多いが、中には暑いからイラつきをぶつけてくる人や小遣いを渡すから列の最前に移動させろなどと言う人もいた。もちろんそんな話には乗らないが、困ったことにとある男性が結構しつこく賄賂《わいろ》を渡そうとしてくる。

「な、いいだろ？　こっちは暑いんだよ」

そうか……暑いのが嫌なんだね。氷と風の混合魔法を周囲には分からないように男性の近くで吹かせる。

「は？　なんだ？　急に寒くなったぞ！」

「暑いから列の最前に移せって言われたのですが、寒いならもう大丈夫ですよね？」

「あ、ああ……」

冷たい水の配布はお客さんに好評だった。その後しばらくこっそりと風魔法で涼しい風を送れば、そのおかげで不満を言っていた人たちも静かになった。これで熱中症は避けられればいいけど。

菓子店リサの客足は止まることなく、慌《あわ》ただしく時間が過ぎていった。気づいたら、五の鐘が鳴る十四時を過ぎていた。

「ジェームズ、休憩に入りますよ」

「はい。ミカエルさん」

厨房の奥にある従業員用の休憩室の椅子に座り、ルーカスが賄《まかな》いで作ってくれた野菜と肉の炒《いた》め物をパンに挟《はさ》み少し遅い昼をミカエルさんと食べる。昼食をを頬張っていると、ミカエルさんが尋ねる。

「接客で何か気になることはありましたか？」

「上手く回っていると思いますよ。外の列のお客さんが暑さで倒れないかと心配でしたが、水を配ったので大丈夫だと思います」

「そうですか。貴族の持ち帰りは全て無事に終了しました」

貴族のだろう馬車が何度も店の前に止まり、使用人がミカエルさんから商品を受けとっていた。

やっぱり貴族向けの特設カウンターは今回だけで、今後は普通に並んで買ってもらう予定らしい。

中央街のお客さんは、東区と違い平民でも華やかな格好をしている人が多かった。持参した買い物カゴもお上品な感じで、平民でも荷物を使用人に運ばせている人もいた。格差だね。うん。

「それからジェームズ、あの一番に一人で来ていた男性ですが……オーシャ商会の会頭です」

「え？」

あの炸裂《さくれつ》トークと披露して、お菓子をいっぱい注文した男性が？

「はい。先日ギルドに挨拶に来ていたので間違いありません。オーシャ商会の会頭、カシアン・オーシャです。ただ、お会いした時と若干印象が違ったので初めは気づきませんでしたが……」

「そうなんですか。甘党の男性って感じでしたけど……」

「その解釈で合っていますよ。あの商会の手腕は奥様、それから背後のアズール商会によるものですから。会頭ご自身は、そうですね……ボヤ——朗らかな方です」

今、ボヤッとって言いかけたよね？　でも、私はボヤッとしてる印象ではなかった。どちらかというと、甘味への貪《どん》欲《よく》な探究心のある人って感じだった。あの人が、ロイさんの義兄なのか。カシアンって……餡子が食べたくなるような名前で困る！

「ミリー様、今の会話のどこに涎《よだれ》を垂らす話がありましたでしょうか？」

「思い出し……ヨダレです」

「そ、そうですか。オーシャの会頭とは何を話されたのでしょうか？」

ミカエルさんが胸元からハンカチを渡しながら尋ねる。

「主にお菓子のことですよ。大丈夫です。重要な話は何もしていません」

「ロイ会頭ではないので大丈夫でしょう。それよりも、貴族の反響は予想以上ですね。今回、さらに追加の注文がありました。ミリー様の貴族へのお土産アイディアがとても印象に残ったのだと思います」

数日前の催しに招待した貴族には、その貴族紋章を入れたアイシングクッキーをお土産にしていた。ルーカスたちには余計な時間を取らせてしまったけど、実は結んでいるようだ。

「そのせいで、アイシングクッキーは貴族にしか出せなかったんですけどね」

貴族紋章を食べるって行為は大丈夫？　って思ったけど、この国には特にそれを禁忌とする文化はないらしい。

食事を終え、再び店頭に立つ。

ミカエルさんはダイニングのお客さんと軽く談笑したり、知り合いに挨拶したり……商売人には必須なんだろうが、基本的に社交的な人なんだよね。

目の前が暗くなったと思うと、お客さんに声をかけられる。

「店員よ。持ち帰り用に選びたいのだが、いいか？」

「はい。いらっしゃいま――」

げぇぇ。いつかの変態騎士だ！　ザックさんの弟で名前が長いけど、確かバートと呼ばれていた。

知り合いに会う可能性はあると思っていたけど、まさかのこの人に会うとは……。しかも、今日は騎士の格好ではなく平民っぽい普段着を着た変態騎士だ。貴族なはずなのに使用人とかじゃなく、自らお買い物するんだね。騎士の格好じゃないから違和感しかない。

眉間に皺《しわ》を寄せ変態騎士が尋ねる。

「どうしたのだ？」

「い、いえ。ご自宅用ですか？」

「いや、贈り物だ」

お菓子の贈り物とは女性にだろうか？　ザックさんは、弟はモテないと言っていたが……ちゃんと恋人がいるのかもしれない。

「女性への贈り物でしょうか？」

「いや、男だ」

「そ、そうですか」

恋人じゃなかった。男だった。同僚への贈り物だろうか？　騎士が集まってスイーツを食べている姿を想像してなんだかほっこりしてしまう。

「なんだ、なぜ嬉しそうな顔をしている？」

「滅相もないです。ぼ、僕もお菓子のプレゼントを誰かに頂けたら嬉しいと思ったまでです」

「ふむ……」

スンと真顔になり、変態騎士にいくつかおすすめの菓子を説明する。

「甘党の方でしたら蜜《みつ》を浸《ひた》したバクラヴァ、お酒を嗜《たしな》まれる方でしたらレーズンサンドが男性に人気です。お相手がご家族と召し上がるなら、パウンドケーキやカップケーキもおすすめです」

「そうか。それを全部　適量で包んでくれ」

「へ？　あの、適量とは？」

「五人分だ」

ご家族がいる人への贈り物かな？　全てを五人分となるとそれなりの量だ。

「かしこまりました。今、お包みしますね。贈り物の箱は別料金になりますが、よろしいですか？」

「ああ。それから別であれも包んでくれ」

変態騎士がマカロンのショーケースを指差す。

「マカロンですね。ベリー味は売り切れてしまいましたが、おすすめはキャラメルか緑の豆です」

「残ってる味を、全部一個ずつ包んでくれ」

「かしこまりました。マカロンは本日中か明日までにお召し上がりください」

「問題ない」

マカロンは自分用かな？　大人買いだね。商品を丁重に包み、箱へ入れる。そういえば、変態騎士はカゴを持ってないし従者もいない。この量を手持ちで持って帰れるかな？

「お待たせしました。銀貨四枚と銅貨一枚になります。あの、荷物の量が多いのですが……馬車までお届けしましょうか？」

「なぜ、馬車で来ていると分かる？　ん？　小僧……見覚えある顔だな」

「い、いえ。初めてお会いしましたよ。ただ、手に剣のタコがありますし、平民にしては所作が綺麗でしたので……その、騎士様かと」

どうしよう。疑り大魔王変態騎士様の訝《いぶか》しげな視線がグサグサと刺さる。無言でずっと見下ろされていると、ダイニングにいた若い女の子たちから黄色い声が聞こえた。

「あの方、そうじゃない？」

「まぁ、本当にバート様だわ」

え？　まさか、変態騎士ってモテるの？　変態騎士の顔をジッと見上げる。

子犬系のザックさんとは対照的だが、鋭いキリッとした目は確かに蛇顔のイケメンではある。変態騎士が舌打ちをする。

「また、面倒な。小僧、残りの荷物を持ってついて来い」

性格さえよければ……カッコいいと思う。

商品を持って変態騎士の後をついていくと、数分歩いた場所に紋章はないが立派な個人馬車が停まっていた。御者に荷物を渡し、お礼を言う。よし！　戻ろう。さっさと回れ右をしたが変態騎士に呼び止められる。

「待て。小僧、名前はなんだ？」

「ジェームズです」

「うむ。世話になったな。これは荷物を運んだ駄賃だ。受け取れ」

投げられた銅貨一枚を受け取る。変態騎士から、お駄賃貰《もら》っちゃったよ。

「ありがとうございます」

「それから、紳士なら室内では帽子を脱げ」

「は、はい。気をつけます」

変態騎士からの視線が再び刺さる。

「小僧を見ていると、誰かを思い出す。生意気な――」

「またのご来店をお待ちしております！」

ボソボソ喋る変態騎士の言葉を遮って大声で言う。前回、変態騎士と会った時から成長してるし、男の子の格好をしているからすぐには気づかないだろうが……これ以上、長話をすると感づかれそうなのでさっさと切り上げ走って店に戻る。

カウンターに戻るとビビアンさんに労《ねぎら》われる。

「おかえりなさい。荷物持ちご苦労様だったわね。さっきの人はモテるのね。帰った後に女の子に彼が何を購入したのか詰め寄られたのよ。あの方はジェームズ君の知り合いなの？」

「いいえ。今日初めて会いましたよ。たくさんご購入されていたので手伝ったまでです」

あくまでも知らない人スタンスでいこう。実際、そんなに知り合いでもないしね。

ビビアンさんと話をしていたら六の鐘が鳴った。

この時点で商品はすでにいくつか売り切れていた。一番初めに売り切れたのがナッツバタークッキーだ。結構な量あったけど、試食の反響と王都の人にとってはクッキーが一番馴染みのある商品だからだろう。ダイニングのチーズケーキも最初の二時間で売り切れたらしい。パウンドケーキとマカロンの一部も売り切れている。

店は七の鐘、十八時に閉店だ。

本日最後の客を全員で見送り、無事に最初の日の営業が終わる。

ミカエルさんが全員を集め労《ねぎら》う。

「みなさん、本日はお疲れ様でした。ささやかですが、初日の打ち上げをしましょう」

準備された食事と飲み物で小さな宴会を開く。みんな少し疲れているが、いい顔だ。

菓子店リサのお手伝いはその後三日続き、四日目からは従業員だけで大丈夫だろうとミカエルさんが判断した。これからもちょくちょくお店には顔を出す予定であるが、ひとまず無事に菓子店リサは開店した。やったね！

ロイとレシア

アズール商会の執務室でロイは外を眺《なが》めながら何度もため息をついた。

「はぁ、クソ……」

「ロイ会頭、先程からどうしたのですか？」

「ミーナが膝枕してくれれば――」

ロイの差し出した手をパッとミーナが避《よ》け、執務机に書類を置く。

「元気そうなので、こちらの契約書に署名をお願いします」

「相変わらず、つれないな！」

ロイはミーナに本気で膝枕してもらいたい気持ちだった。

オーシャ商会にレシピをもっと出すのを条件に店を開くことを許可したばかりに、義兄のカシアンは次から次へと菓子のレシピを考案してしまった。そのおかげで甥のキットの進学のために秋近くに王都に向かう予定だったロイの姉レシアも夏の初めに前倒しでやってきて、ずっとロイの家に居座っていた。

（姉貴のやつ……使用人とも仲良くなりやがって。俺の家での居場所が狭くなっていく）

ロイは姉のことは好きだが、家では一人ゆっくりしたいと嘆く。甥のキットは義兄のカシアンそっくりで、自分の興味があること以外は基本無関心でボーッとしていた。

ロイが誰にも聞こえない声で呟く。

「あれで学園に通うらしいが、あいつは大丈夫なのか？」

ロイが再びため息をつくとミーナが呆《あき》れながら報告書を執務机に置く。

「これで機嫌を直してください。オーシャ商会の菓子店『レシア』の売り上げになります」

「おう。さすがオープン一週目だな。予想していたよりいい出だしだ。予想通り売れ筋はクッキーだが、他の菓子も好調らしい」

報告書に目を通したロイが満足そうな顔で笑う。

「ロイ会頭もご存じだと思いますが、本日は『リサ』のグランドオープンの日です」

「ああ、知ってる」

ロイはアイシングクッキーの登録への異議申し立てをしたことを思い出しながら眉間に皺《しわ》を寄せる。今までも、オーシャ商会のクッキーの模倣品《もほうひん》を登録しようとする商会はあった。ロイはペーパーダミー商会のクッキーもどうせそんな話だろうと高を括《くく》って異議を申し立てたが、実物のクッキーを見た時の衝撃は大きかった。

アイシングクッキーを披露した時のミカエルのドヤ顔を思い出し、嫌な気分になる。

（ミカエルさんも人が悪いよなぁ）

ロイはアイシングクッキーを目の当たりにした後、ペーパーダミー商会の店情報やオープンの日を探り急遽《きゅうきょ》レシアのグランドオープンを早めた。

昨日行われたリサの、商人を招待したプレオープンではその判断が正しかったと痛感した。

リサの新商品の量、斬新さ、それから新興商会ではあり得ない手腕……まさか菓子を並べるための魔道具にまで手をのばしていたとは事前情報にすらなかった。

思わずショーケースを予約注文してしまったロイは心の中で舌打ちをする。

（なんなんだ、あの商会は！）

「カシアン様は珍しく今朝早くにお出かけになっていたようですが、どちらに行かれたかご存じですか？」

「ご存じも何も……どこに行ったかは明らかだろ。下手な変装なんかして」

ロイは昨晩、家に滞在しているカシアンにリサで配られた手土産を渡した。カシアンの菓子への感想、もとい炸裂《さくれつ》トークに長時間付き合ったロイは今日少々寝不足だった。

そんなことがあった次の朝早くに、カシアンが下手な変装をしてこっそり外出するのを見たロイにとっては、彼がどこに向かっているかなどもはやミステリーでもなんでもなかった。

「お止めにならなかったのですか？」

「止める必要はないだろ？　貰《もら》った土産を渡してから、あんなに楽しみにしてたんだ。それに……」

「それに？」

ロイが口角を上げ、ミーナに報告書を返す。

「カシアンが次の菓子の発想を何か掴《つか》んでくるなら、こちらとしても得だろ？」

「確かにそうですね。それにしても、あれは変装だったのですね」

ミーナが首を傾《かし》げながら言う。

「カシアンなりのな……それよりも、例の件は釣れたか？」

ロイが真剣な表情でミーナに尋ねる。例の件とは少し前にレシアで考案中のレシピが盗まれた件だ。ロイは犯人の後ろでは貴族の誰かが手引きをしているのだろうと予想をしていた。

「はい。犯人は新しい従業員の一人でした。これを機に全ての従業員の契約書を血の契約に変えました。配達担当の者が契約を拒み行方不明になりましたので、そちらも誰かの手先だったと考えられます」

「そうか。レシピを盗んだのはどこの貴族の手先だ？」

「エメラルド伯爵です」

「面倒だな。従業員だけじゃなく見習いの契約も見直せ。それから、エメラルド伯爵と取引している商会に圧力をかけてしばらく伯爵を困らせろ」

「かしこまりました」

ロイはミーナが退室するのを見送りドカッと椅子に座りため息をつく。

「エメラルド伯爵か」

貪欲《どんよく》な貴族は面倒だが、今回自分の仕組んだ裏切り者を炙《あぶ》り出す罠にまんまと上手く引っかかった伯爵にロイは感謝していた。

この策が姉の考案でなければ、きっともっと喜んでいただろう。

盗まれたレシピはカシアン曰く、石ころを食べたほうがマシだという代物だった。精々石ころレシピでも堪能すればいい。噴き出すロイの下衆な笑いが執務室に響いていた。

◆

ロイが帰宅すると、王都に移ってから長年彼に仕える使用人のテオドアが出迎えた。

「旦那様、お帰りなさいませ。リビングでレシア様がお待ちです」

「ああ……ありがとう」

ロイは自分の家なのにまるで客人かのような気持ちになる。

（姉貴、テオドアも手懐けたのか……俺の家だろ、ここは）

案内されたリビングには、ラフな格好でワインを飲みながら一人くつろぐロイの姉レシアがいた。

茶色の真っ直ぐな髪を垂らしながら黒い瞳でロイを見つめ、微笑《ほほえ》む。

「ロイ、帰ったのね。表情が暗いわよ」

「姉さんは機嫌が良さそうだね」

「そう見える？　実はカシアンにデートに誘われたのよ。例の店に今度連れて行ってくれるって、その話で盛り上がったのよ」

「そうですか。それはよかったですね。テオドア、酒を頼む」

「あら、付き合ってくれるの？」

テオドアがワイングラスにワインを注ぐ。姉弟《きょうだい》二人で乾杯を交わすとロイがサイドテーブルに積んである箱に気づく。

箱の全てには貝のロゴマークが付いており、ロイはすぐに菓子店リサの商品だと悟った。

「なんだよ、この量は……カシアンのやつ、何、商売敵の売り上げに一番貢献してんだよ。どうせ、店でも大量に食べてきたんだろ？」

ロイが呆《あき》れながら詰まれた箱を睨むとレシアが笑い出す。

「凄《すご》い量でしょ？　どの菓子も繊細《せんさい》でカシアンが言うにはこれは宝石だそうよ。お酒にはこのレーズンサンドが合うらしいわよ。オーシャ焼きもお酒に合うけど、こちらも素晴らしいわよ」

ロイはレシアから渡されたレーズンサンドを少し眺《なが》め、口を噤む。

ンサンドはロイもプレオープンで食べたが、確かに酒と合うものだった。別商会からレーズズンのクッキーが出ているがこれは別物だ。

売れる商品、ギルドの後押し、勢いがある新興商会は恐ろしいなとロイが眉間をおさえると、レシアがその顔を覗《のぞ》き込み言う。

「何？　怖気《おじけ》づいたの？」

「ちげぇよ」

「ペーパーダミー商会ねぇ……会頭はおろか、従業員の情報も出てこないそうね？」

「ミーナが調べているが、ギルド長が関わってるからな。どんな男かは気になる」

「あら？　男とは限らないでしょう？　それに、新興の商会の後押しにギルド長がねぇ……」

ロイはレシアのくすぐるような目つきと匂わせ気味な発言にややイラつきながら尋ねる。

「何が言いたい？」

「ペーパーダミーの会頭はギルド長の親しい間柄、例えば血縁者じゃないの？　ローズレッタ商会関係者が濃厚ね。東のギルド長は家族には甘いのよ。学園に通っている時に有名だったわよ。東のギルド長、当時のローズレッタ商会長が孫娘を溺愛してるって話。確かロイ、あなたと年齢が近かったわ」

「……溺愛？」

ロイは学生時代の記憶を頭の中で巡ったが、何も出てこなかった。それにレオナルド王太子にはエンリケの孫娘は家族から絶縁されたとロイは聞いていた。

ロイが思考を巡らせている間、レシアが話を続けた。

「女子生徒の間では有名だったわよ。可愛らしい子でね。名前は確か……そうそう、マリッサって子よ。会頭が溺愛してるって噂《うわさ》が出回ったから、他の商会の子息たちはどうにかして彼女の気を引こうとしていたわね」

「そんなことは覚えてないな」

ロイは、学生時代は男女の社交の場は極力避けていたのを思い出す。ローズレッタ商会の後継者になるだろうマリスは覚えていたロイだが、マリッサは遠目に一、二回見たことがあったかもしれないという記憶しかなかった。

「ロイ、少しは周りや自分の色恋にも興味を持ちなさい。意外と商売の縺《もつ》れは私情を含むものよ。他の商会の愛人が誰かくらいは把握しているの？」

「そんな心配しなくとも分かっている」

「そう……それで最近女性とデートはしているの？　キットもそろそろ従兄弟が欲しいと思うのよ」

「俺はミーナと絡んでいるだろ？」

「迷惑をかけているだけでしょ」

その後、レシアからカシアンについてのろけ話をウンザリするほど聞かされたロイは自室へと戻った。一人きりの部屋で、一つの疑問を口にする。

「そもそも、王太子はなんで爺さんのひ孫のことを調べていたんだ？」

気になったがすでにひ孫の件については手を引けと王太子に忠告されている。

手詰まりだと諦めようとして、止まる。

（いや、ひ孫ではなく孫のマリッサを調べるのはセーフか？　そんな屁理屈《へりくつ》が通用するのか？）

「テオドア、手紙を書く。準備してくれ」

そしてバートは勘違いされる

菓子店リサで買い物を済ませ馬車に乗り込んだバートは御者に声をかけた。

「——馬車をモンティ家まで出してくれ」

バートが菓子店リサを訪れた理由、それは兄のザックの使いだった。

(兄上も人使いが荒い)

出かける寸前、急にやってきたザックに今日オープンした菓子店の菓子を手に入れろと頼まれた。

バートは理由を聞いたが、ザックは答えずにまた夕方に訪ねてくると慌《あわ》ただしく去って行った。

どうせまた、どこぞの女に入れ込んでいるのだろうとバートは思ったが、別件のついでだったので了承した。菓子店リサはバートの想像以上に長い列だったが、持ち帰りの列はスムーズで思ったより早く帰路につくことができた。

モンティ家に着くとザックがバートに手を振る。

「バート、おかえり〜」

「兄上。頼まれていた菓子を買ってきました」

「これはまた大量だ。使用人に行かせなかったのか?」

「丁度、近くで別件もありましたので」

「そっか。ありがとバート。よかったね、ウィル」

ザックの隣にはバートも以前会ったことのあるナシャダ辺境伯《へんきょうはく》の子息、ウィリアム・ナシャダがいた。今は王太子の側近の任に就いたと聞いていたが、バートはなぜウィリアムが自身の兄などと仲がいいのか理解できなかった。

「ナシャダ公子。ご無沙汰しております」

「バートも久しぶりだな。今、私は男爵の爵位を賜《たまわ》っている。それ故、正確には公子というよりトレンチ男爵だが、バートもザックと同様にウィルと呼んでくれ。今日は迷惑をかけた」

「失礼いたしました。こちらの菓子はウィル様のためのものでしたか」

ザックが揶揄《からか》いながら裏声で言う。

「ウィルお兄たま〜。おかちが食べたいの〜」

「ザックやめろ。黙れ」

菓子はウィリアムの婚約者への手土産だと理解したバートは首を傾《かし》げる。

(揶揄《からか》われると分かっていて、なぜ兄上に頼むのだろうか?)

ウィリアムの婚約者殿は、ランベルト伯爵家の次女で学園にも通っていない年齢の幼《おさな》な子《ご》だ。

ウィリアムは元々、伯爵家の長女と婚約を結んでいたが、その長女は流行病で亡くなったということはバートも噂《うわさ》で聞いていた。貴族だとそのような事情は珍しくはない。

だが、幼《おさな》な子《ご》との婚姻はウィリアムも本意ではないはず、そう思いながらバートはウィリアムに同情した。

「バート、お使いのようなことを頼んで済まなかった。急遽《きゅうきょ》、今夜ランベルト家に向かうことになりザックに新しく開いた菓子を専門にした店の話を聞いてな。ザックからバートが菓子店に行くと聞きせっかくなので頼んだ次第だ」

バートの予想通り、今回の菓子は婚約者のためのものだという。バートは兄を責めるように見る。

(菓子店に行くなど一言も言っていないのだが)

バートはウィリアムの婚約者のためだと情報があれば、もっと用途にあった菓子を用意できたのにとため息を漏らした。そして、母親のために購入していた菓子の箱を開け、薄いピンクのマカロンをウィリアムに見せた。

「ウィル様。それならば、こちらはいかがでしょうか？　マカロンという色鮮やかな菓子です。女性には喜ばれると思います」

「これは、素晴らしいな。バート、感謝するぞ」

バートはその後、マカロンといくつかの菓子を受け取ったウィリアムが王都内にあるランベルト伯爵邸に向かうのを見送った。

それから、そっと菓子の一つを持ち逃げようとするザックを止める。

「兄上。今晩、夕食をこちらで召し上がりませんか？　母上も兄上にそろそろ会いたいとこぼしていました」

「バート。お前の魂胆は分かっている。母上はどうせまた見合いの姿絵で攻撃してくるつもりだろう？」

これは事実だった。バートの母親は最近では、今まで以上にどこから集めたか分からない令嬢の姿絵を常備していた。ザックはモンティ家の跡取りである。モンティ家に部屋も執務室もあるのになぜ女性の家をフラフラしながら下町の宿に泊まっているのかバートは一生かかっても分からないと呆《あき》れながら真剣な顔でザックに尋ねた。

「兄上は、いつまで冒険者を続けるつもりなのですか？」

「気が済むまでだけど？」

「……そうですか」

バートが諦めたかのように言えば、ザックが笑顔で菓子の箱をもう一つ持ち上げる。

「バート。俺もそろそろ行くぞ。この菓子は貰《もら》っていくからな。最近、気になっている子のプレゼントに丁度いい」

「兄上、また女を変えたのですか？」

「バートも女性に興味を持たないと、そのうち、母上の持ってくる姿絵が男に変わるぞ」

「なっ、何を言うんですか！」

「ははは。冗談だって。力を抜けって」

恐ろしいことを言い放ち、早足にモンティ家の屋敷を立ち去るザックにバートは頭を抱えた。

◆

ザックが屋敷を去ってすぐに、ザックの来訪を聞きつけた二人の母親が客室に入るなりバートをフルネームで叫ぶ。

「エグバートフィレクスハンバード！　あなたの兄はどこですか！」

「母上。ご機嫌麗しく。兄上はすでに逃げました」

「まぁ！　本当に逃げ足だけは早いのだから」

沸々と高まる母親の怒りを抑えるためにバートは菓子の箱を開けた。

「本日、母上のために菓子を用意しました。サロンでご一緒にいかがですか？」

「いい匂いね。夕食前ですけど……いいわ、そうしましょう。あなたに見せたいものもあるの」

またどこかの子爵家や男爵家のご令嬢の姿絵だろうとバートは苦笑いをしながら承諾する。

（一種の習わしのようだ。早く済ませよう）

サロンのテーブルに着くとメイドが紅茶を準備し、パウンドケーキを切り分けた。

パウンドケーキを一口食べたバートの母親は目を見開き、唸る。バートから見ても母親の機嫌がみるみるよくなるのが分かった。

「まぁまぁ。これはどこの商会のお菓子なのかしら？」

「ペーパーダミー商会がオーナーの菓子店リサの菓子です。本日、開いたばかりの店です」

「聞いたことのない商会だわ。これは、お茶会で人気になりそうね。お茶会といえば、先日預かってきたご令嬢の姿絵があるの。持ってきてちょうだい」

バートの母上は侍女に令嬢の姿絵を持ってくるように指示をすると、それが来るまで再びパウンドケーキを堪能した。

「バート、わたくしは今まであなたとちゃんと向き合っていなかったわ」

「はぁ」

目の前に並べられた姿絵はいつもよりも数が少ない。ついに紹介可能な令嬢がいなくなってきたのかと、バートは苦笑いしながら並べられた表紙を見つめた。

令嬢の姿絵は毎回目の前で全てを開き、確認しなければ母親に解放されない。

この冊数なら、その苦行の時間も早く終わりそうだと安堵する。

バートは最初の姿絵を開き、止まる。それから次々に姿絵を開くと、困惑の表情を浮かべた。

「母上……これは、どういうことでしょうか？」

バートの手元にある姿絵は、その全てがまだ学園に入学したばかりの年齢の少女のものだった。

眉間に深く皺《しわ》を寄せ、バートは母親を睨む。

「あら、年上のほうがよかったのかしら、念のためにそちらも用意したのよ」

バートは差し出された母親よりも年上の女性の姿絵を見ながら軽く目を瞑《つむ》り、首を横に振った。

「違います……」

「あら、もしかして女性以外――」

「違います！」

「バート。母に声を上げる必要はないでしょ。このお嬢さんたちが嫌なら、姿絵はありませんがエードラーや商人のお嬢さんも執事に頼んで選抜してもらってますのよ」

姿絵はないが、エードラーや商人の娘たちの経歴がテーブルに並べられる。どれも自分とは大きな年齢差がありバートは深呼吸をして憤りを抑えながら母親に尋ねる。

「母上……まず私に少女を愛でる趣味はございません。いったいどこで──」

「あら？　でも、ザッカリ──あら、おほほ」

バートの母親が誤魔化すかのように扇子を出し口元を隠す。

（兄上であるか……）

バートはザックが母親の追及から逃れるために、自分を身代わりにすべく、この件を持ち出したのだろうと悟りため息をつく。

「母上、兄上のいつもの冗談です。本気にとらないで──ん？　スパーク？」

バートはスパークの文字が見えた資料を手に取り尋ねる。

「エレノア・スパーク。これは、誰でしょうか？」

「あら？　そのお嬢さんが気になるのかしら？　魔道具で有名なエードラーのエドガー・スパークのお嬢さんよ。母君は子爵山の令嬢だから、血筋はモンティ家と変わらないわ。とっても優秀だそうよ」

バートは母親が目を輝かせながら絵姿もないエレノアを推すのを無視して資料を読む。

バートも魔道具男爵の話は聞いたことあった。その魔道具の恩恵を受けている騎士団では、魔導士男爵の話はよく話題に出ていたから。

スパークは珍しい家名だ。今までは気に掛けなかったが、もしかしたらミリアナ・スパークと縁がある家かもしれないとバートは考えた。

だが、もうすでに猫亭の事件は解決している。自身の好奇心から騎士団の名を使い、事件でもない何かに首を突っ込むことは規律違反だとバートは首を振る。

バートが顔を上げると、母親が満面の笑みで言う。

「それでは、スパーク家から絵姿を頂きましょう」

「母上！　やめてください！」

バートの大声はモンティ家に響き渡った。

日常のひととき

菓子店リサでの三日にわたる激務が終了した。三日目になると初日に予約注文していなかったであろう貴族の使用人の来店が目立った。甘味の噂《うわさ》は瞬く間に広がったようだ。三日間の売り上げは金貨九枚、小金貨七枚、銀貨五枚に銅貨四枚にも上った。グ、グヘヘ。

今日は人生の大波に乗った気分で屋上にてラジェと砂サーフィンをしながら考える。

転生したところで人生とはそんなに甘くない。それは理解している。

今回はミカエルさんの手腕に大々的な甘い匂いのコマーシャル、王都に菓子の専門店が少ないこと、それから今まで存在しなかった異世界レシピという条件のおかげでここまでの売り上げを叩き出したのだろう。ここからが本当の勝負なのだ。

それでも、そんなに遠くない未来に初期投資は回収できそうだ。

商業ギルドへの委託料は決して安くはない。売り上げの二割だ。

そう、純利益ではなく売り上げの二割……なのでこの三日間の売上でいうと商業ギルドの取り分は約金貨二枚だ。爺さんのウハウハ顔が目に見える。

ギルドの取り分は痛いけど妥当だろう。

特に貴族の集客はミカエルさんの功績だ。お金がある人はケチだというけど、使う時はドンと金を出す。加えて、ありがたいことに、貴族は『見栄《みえ》』という商人には嬉しいスキルまで存分に発揮してくれる。そんなわけで対貴族の売り上げはやはり飛び抜けた数字だった。

私が委託せずにその辺で菓子を売り始めた場合、今回の売上には足元にも及ばない結果だったろう。何かの策略でどこかの貴族や商人に全てを奪われる可能性だってあったわけだしね。

ラジェが砂サーフィンをしながら一回転する。だいぶ慣れてきたんだね。それならと砂サーフィンをより楽しむためにイルカを出すとラジェに怒られる。

「ミリーちゃん、サメは出さないで！」

「サメじゃないよ。イルカだよ」

どうやらラジェはサメにトラウマが残っているようだ。まぁ……それは私が悪いんだけどね。

「イルカ？　サメとどこが違うの？」

「尾びれだよ。サメの尾びれは垂直で、イルカの尾びれは水平なの」

「……砂の中に入ってるから、見えないよ」

「あ……」

確かに背びれだけだとサメなのかイルカなのか分かりにくい。よし、別の海の動物を出すか。砂魔法でヌルッと鯨の頭の成形をすれば、ラジェが焦りながら言う。

「ミリーちゃん！　僕、イルカで大丈夫だから！」

考えたら、私が出そうとした鯨はここの屋上のスペースでは小さすぎるかな。それなら……これかな。水魔法でクラゲを出す。クラゲが太陽の光でキラキラと光る。綺麗だ。

「綺麗だね。これも海の生き物？」

「そう。クラゲっていう生物だよ。泳ぐ力はあまりないけど海を漂いながら生きてるんだって」

「ミリーちゃんは見たことあるの？」

「うーん。秘密。そうそう、クラゲの中には不老不死のやつもいるんだって」

「エルフみたいだね」

「エルフって不老不死なの？」

ラジェが言うには、ハイエルフになると何百年も生きている者も多いらしい。

エルフかぁ……凄《すご》いね、異世界。私が暮らす王都でも亜人種を見たことはないことから、少なくともこの王国では人族以外は希少なのだろうと予想する。

ドンドンと屋上を叩く音がしたので急いで全ての魔法を消す。屋上の扉は風魔法で閉ざし、こちらの音は防音していた。この荒々しく扉を叩くのは誰だろう。

「ねぇね！」

なんだ、ジークか。ラジェと屋上で遊んでいるのがバレちゃったか。

ジークの成長は恐ろしい。すでに己の足で移動可能な彼は部屋でジッとするのが耐えられないらしい。一歳七ヶ月のやんちゃ坊だ。

ジークがドアノブを叩く音がする。ジークが誰もいない時に勝手に屋上に入らないように、ジョーにお願いして内側の手の届かない場所に新しく鍵を取りつけたのは正解だったね。成長が早くて、鍵がなければそのうち簡単に一人で扉を開けて屋上に入って来そうだ。

屋上の扉を開けるとパッと笑顔になるジークが可愛い。

「ジーク、屋上に出入りするのはまだ早いから外で遊ぼうか」

三人で一階に下りると、野菜を運んでいたジョーがいた。

「これから外で遊ぶのか？」

「パパー」

ジークが一直線にジョーの足に走っていく。

「おう。ジーク、元気だな。ミリー、外で遊ぶのはいいがあんまり遠くに行くなよ」

「はーい！　宿の前で遊ぶだけだから大丈夫だよ」

早速外に出た途端、握っていた手を振り解きジークが走り出した。

待って待って！　急に走り出して、たまに通る運搬の馬車にでも轢かれたら大変だ。誰にも気づかれないように風魔法を使い、ジークに見えないハーネスをつける。

ハーネスをつけられたジークは、遠くまで走れずに困惑しているようだが……ねぇねだってなんでもできる〇〇マンではないんだ。急な事故は防げない。

「ジーク、ちゃんと側にいてね」

さて、外に出たのはいいけど何をしようか？　そんなことを考えていたら、マイクが薬屋から駆けてくる。

「ミリー！」

「マイク！　久しぶりだね」

「ああ。ミリー、いつもどこで何してるんだよ？」

「家の手伝いとかだよ。マイクも薬屋の見習いの仕事はどうなの？」

「俺、この前、初めて母さんに褒められたんだぜ！」

「わぁ、そうなんだ」

マイクが見習いの話を嬉しそうにする。どうやら順調そうだ。あんなにガサツな子供だったのに……マイクの成長に感動する。

「なんだよ。その母さんみたいな目は」

ああ、ジゼルさんも感動して同じ目で見ていたんだね。私も肉体に引っ張られ子供のような振る舞いをすることはあるけれど、精神的にはジゼルさんとのほうが年齢が近い。マイクは甥っ子を見る感覚だ。やんちゃでガサツな子ほど可愛い。

「マイク、頑張ってるね」

「お、おう。そうだ！　今度、父さんと兄ちゃんと森に行くぜ。ミリーも来いよ。ラジェ、お前も来るだろ？」

森か。そういえば、最近は忙しくて行っていなかったね。

「そうだね。行こうかな。ラジェも行く？」

「うん。僕も行きたい」

森に行く約束をするとマイクは仕事に戻り、再び三人になる。

急に座り込んだジークが泥を口に運ぶのを見てギャッとする。

「こらこら。これを食べるのダメ」

ジークを抱き起して注意をする。この年齢の子供はなんにでも興味を持って口に入れようとする。別の遊びに集中させよう。

前の世界でジークと同じ年代の時に私がしていたことは……記憶がない。三輪車か？　うーん。でもこれも乳母車の時と同じで、舗装されてない道で三輪車を使うことはできない。作り方も分からないし、タイヤのゴムもない。

土魔法で作った三輪車を風魔法で飛ばす空飛ぶ三輪車ならできそうだけどね。そんなのを大っぴらに出せば、即大事《おおごと》になりそう。

「ねぇね。これ。これ」

ジークが近くにいたらしいカエルを大事そうに手に取り見せる。立派なカエルだ。このカエル、どこから来たのだろうか？　王都の中を流れる川はあるけど、ここからだと遠い。

「カエルだね。あ！」

いやー、やめてぇ。口に入れようとしたカエルを取り上げると、ジークが泣き出した。大粒の涙を出すジークを宥《なだ》める。

「ジーク。カエルさんを食べたら、カエルさんイタイイタイだよ。カエルさんを葉っぱの上に帰してあげてね」

カエルを受け取ったジークは、そっと葉っぱの上にカエルを置く。急いで逃げるカエルにジークは手を振りながら、小さな声でバイバイと呟いていた。

結局、砂遊びや泥遊びをして家に戻り、全員をクリーンする。

家に戻ってもジークがカエルの話ばかりするので、ラジェが砂と水の魔法でカエルをたくさん部屋に出して、丁度戻ってきたマリッサが失神しそうになった。

後に『家の中、カエル禁止令』が出たのは言うまでもない。

◆

「ラー、カエルさん！　フー、カエルさん」

数日前にラジェが魔法でカエルを出したことで、ジークからラジェへのカエルを出せの圧が毎日凄《すご》い。

朝食時にカエルの話をされ、マリッサが満面の笑みだ。あれは絶対不機嫌の笑みだ。デンジャラスだ！　猫のニギニギを送り込み話題を逸らそう。

「ジーク。ほら、猫さんだよ」

ジークに猫のニギニギを渡すが、嫌だと床に叩きつけられた。猫のニギニギ作戦撃沈だ。

それどころかついにカエル以外は何をしてもイヤイヤと言い出す始末だ。

もしかして……イヤイヤ期？　今までも何度か小さな癇癪《かんしゃく》はあったが、イヤイヤと言葉と態度で示すことはお茶会に行く馬車の一件以来そこまでなかったので油断をしていた。魔の二歳が目前の今、本格的にイヤイヤ期を迎えたのだろうか？

イヤイヤ期……これもジークの成長の一環なんだよね。お姉ちゃんは嬉しいよ。

「ミリー、ラジェ。この前も言ったけど、家の中にカエルを持ってきてはダメよ」

マリッサはあの魔法で作ったカエルを本物だと思っている。ラジェの魔法は最近メキメキと上達していた。魔力が高いというのもあるだろうけど、ラジェの出したカエルは凄《すご》くリアルだった。色までは変えられないので砂色のカエルだったけど、この辺には茶色カエルも多い。

リアルっぽいカエルが禁止されるなら別の物で代用しよう。折り紙でぴょんと跳ねるカエルを作る。ラジェが折り紙のカエルを見ながら目を輝かせる。

「これ凄《すご》いね！　本当に跳ねてるみたい」

「カエルさん！　カエルさん！　ジークの！」

ラジェもジークもぴょんぴょん跳ねる折り紙のカエルに夢中だ。しばらくこれで遊んでくれるだろう。

ラジェが折り紙カエルを一匹胸元に仕舞い、宿の仕事に向かう準備をする。

「ラジェ、ガレルさんにイタズラすればまた怒られるよ」

「大丈夫。ガレルには見せない」

ラジェは折り紙が気に入ったようだ。ラジェがいなくなりジークと二人っきりになる。久しぶりの姉弟《きょうだい》水入らずの時間だ。

ジークは最近オマルに座るようになった。タイミングが合えば、オマルで用を足すこともできるようになったし、それだけじゃなくて終わったら出たと知らせたりする。一度だけだが、ジョーのお母さんの家ではトイレに行くまでおむつにオシッコをしなかった。ジーク偉い！

転生者の私はこの時期を鮮明に覚えている。オシッコが溜まる感覚は分かるんだけど、溜まった時点で即出るのだ。二歳から三歳になるとオシッコを溜めて我慢することができる。実際、何度も漏らしそうになり、危なかったことがあったけどね……

ジークを少し寝かせようとしたが……いつもそれだけで死闘だ。ジークはなぜ頑なに睡眠との勝負を試みるのだろうか？　マリッサがいつも歌うあの秒で寝れる子守唄を歌ってみたが、私が歌っても寝ようとはしない。

最終手段の土魔法で羊を作り出しジークと一緒に数えながら寝るのを待った。出した羊の数は百二十三頭。百二十三頭目でようやく眠りについた。

いろいろやっていたら、いつの間にか昼が近くなっていた。今日のお昼は何かなぁ。食堂へと向かうとジョーが急ぎながら昼の準備をしていた。

「おー、ミリー。昼食はちょっと待ってくれ。賄《まかな》いにハンバーグを準備しようとしたんだがジゼルたちに呼ばれて時間を食った」

忙しそうだ。ジョーの準備した賄《まかな》いの材料を見る。おお、これならあれができそうだ。

「お父さん時間がないなら、今日は私が賄《まかな》いを作るよ」

「ハンバーグをか？」

「ちょっと違うやつかも」

ジョーが手を止めジッと見てくる。

「それは、また酒に合うやつか？」

「エールには合うと思うよ。小さな丸パンあったよね」

「俺が先に食うからな」

ジョーに丸パンをもらい、作業に取りかかる。パンは今日買ってきたばかりなのか、まだ柔らかい。

「よし、やるか」

エプロンを着け、袖をまくる。今から作るのはスロッピージョーという料理だ。

アメリカの郷土料理で、汁気の多い肉の煮込みをパンに挟《はさ》んだハンバーガーみたいなもの。これは奇遇にもジョーという名前の料理人が作った一品だ。

スロッピージョーは日本語に直訳すると『だらしのないジョー』だ。食べる時に汁気で口周りが汚れるから、『だらしない』と名前がついたそうだ。同じ名前でもうちのジョーはだらしなくはないけどね。

アメリカでは各家庭でさまざまなスロッピージョーのレシピがあって、私もいくつか知っている。今日は煮込み時間の少ない作り方でいこうと思う。

玉ねぎとニンニクをみじん切りにしてソテー。そこにミンチ肉を入れる。本当はクミンとか香辛料を入れたいけど……臭い問題でジョーにやめろと言われそうなので、今回はやめておく。

トマトソース、ケチャップ、ウスターソース、ナツメヤシ、それからマスタード——はないのでコクを出すために代わりにマヨネーズを入れる。

最後にジョー特製のチキンスープとピーマンを加えて少し煮込む。贅沢《ぜいたく》なレシピだ。時間があったらもっとお得に作れそうだけど、今日は特別かな。えへへ。

頃合いかな？　鍋の蓋を開けると、トマトと肉の香りが広がる。

「いい匂い！」

スプーンで煮込み肉を掬《すく》い、パンに挟《はさ》む。スロッピージョーの完成だ。

「これで完成なのか？　確かにいい匂いだが、パンから肉が溢れてないか？」

「これで完成だよ。汚れてもいいから豪快に食べてね」

ジョーが豪快な一口でスロッピージョーを頬張る。煮込み肉がパンの間からポタポタとこぼれ落ちて、ジョーの口と手もベトベトになった。

「トマトソースとは違うな。甘さがある。チーズをかけても美味い気がするな」

「ジークも食べるから甘めにしたけど、辛いのを入れても美味しいと思うよ」

よし、私も早速食べよう！

大きな口でスロッピージョーを食べようとするが……ちょっと大きく作りすぎた。子供用サイズにするべきだった。頑張って口にスロッピージョーを押し込む。

ん！　お、美味い！　肉と野菜の濃縮した旨みがパンとよく合っている。

ジョーの顔を見れば、ミートソースだらけだ。

「お父さん、ソースが顔で爆発したみたいになってるよ」

ジョーも私の顔を見て笑い出す。

「ミリーも顔がソースだらけで汚れてんぞ」

「えへへ」

スロッピージョーは材料費がかかるのでそんなに頻繁に作ることはできないけど、その後、ジョーがたまに猫亭の常連客へ一口サイズのスロッピージョーを「ジョー山」と命名して出していると聞いた。

最初の提案のジョー沼よりもマシな名付けで落ち着いてよかった。

ギルド長への訪問者

菓子店リサがオープンしてから一週間が過ぎた。

今日は、一週目の売上報告を受けるために商業ギルドを訪れている。

この国では開店後、最初の一週目の売り上げは重いらしい。オープンから三日間の売り上げの報告はすでにミカエルさんから聞いていたし、あとの数日でも相当儲けたと思う。思わず小躍りをしてしまいそうだ。

店にはこれからもちょくちょく顔を出す予定だ。ギルドの見習いジェームズ・セッチャークとしてだけど。

執務室に到着するとポーズを取り、爺さんに挨拶をする。

「ミリーちゃん参上！」

「お主、カニのつもりか？」

「ダブルピース――なんでもないです。ギルド長はお元気でしたか？　お疲れなら、肩を揉みしますよ。今ならサービスしますよ」

「いいから、とりあえず座れ。ミカエルは少々遅れている」

手をクイクイしながら肩もみを迫ったが、爺さんにはスルーされた。

ソファに座りポシェットからジークの絵を出すと、爺さんの口角が上がるのが分かった。

「今回のギルド長へのジークの成長記録です。大きくなってきたでしょう？　最近はやんちゃで、話せる言葉も増えてきました」

爺さんにはたまにジークの成長記録のような絵を描いて渡している。絵は、たぶん後で額縁に入れてどこかに飾《かざ》っているのだと思う。

紅茶とベリーのペーストがついたクッキーが出される。クッキーはサクサクしていて美味しい。このベリーはなんだろう？　時期的に、ブラックベリーかな？　甘酸っぱい。

爺さんも向かいのソファで紅茶を啜り、ミカエルさんが来るのを待つ。

爺さん、少し顔に疲労が溜まっている。ギルド長の仕事ってやっぱり激務なんだろうな。

紅茶を受け皿に置いた爺さんが私と目を合わせ、大口を開けて笑う。

「お主の店の最初の一週目の売り上げが気になるであろう？　ミカエルが揃《そろ》ってから詳細は話すが、あっぱれだ。またとない良い出だしだ」

「ありがとうございます！」

「うむ。ああ、それからお主、今年の中央街祭りには参加するのか？　早めに出願すれば、去年よりも良い場所が取れるぞ」

祭り、もうそんなシーズンなのか。お店の宣伝にはなるだろうから、出店したほうがいいよね。

去年はチュロス、タルト・タタンとかあげで出店した。今年もリンゴのお菓子にしようかな？　祭りっていえばリンゴ飴《あめ》だよね。結構な値段になりそうだけど。

「祭りの件は考えておきます」

少ししてミカエルさんが執務室に入ってきた。入室してすぐに、急いでドアを閉めてしまう。ドアの向こう側には誰かがいるようだが、結局そのままミカエルさんは執務室の鍵を閉めてしまった。執務室は鍵をかけることは滅多にないのに。

ミカエルさんが爺さんに耳打ちをすると、爺さんが舌打ちをした。

「追い返せ」

「ギルド長、そんなことをしたら余計に面倒なことになります」

「面倒だな……仕方ない。応接室で待たせろ」

誰だろう？　ドアの向こうの人を応接室に案内するためか、ミカエルさんがドアを開けると、そのまま無理矢理に誰かが入ってきた。

その姿を認める前に私は誰かに抱っこされたのか、身体がフワッと浮き、目の前は急に真っ暗になった。

え？

暗くなったのに驚いて、急いで魔法を唱えようとする。

「ラ――」

「ミリー様、お待ちください」

ライトを出そうとしたが、止められる。この声は忍者さんか？　後ろを振り返るが、私を抱っこしている人の顔は見えない。

そのうちに視界が暗さに順応したので辺りを見回す。ここは天井の裏？　埃《ほこり》っぽくて汚い。

「月光さんですか？」

「はい。緊急でしたので、こちらにお連れしました」

連れてきたって……攫《さら》ったの間違いでは？

一瞬で天井裏まで移動したので何魔法かも分からなかった。瞬間移動みたいで私もやってみたい。

砂糖のスプーン食いが見つかっても、一瞬で目の前から消えられたらジョーに言い逃れができそう。

足元から爺さんともう一人の声が聞こえてくる。

「あれは誰が入ってきたんですか？」

「……エンリケ様のご子息様です」

「それは、めんどくさいですね……」

マリッサの父親ということか。それならば聞く限り良い印象はない。向こうも私に良い感情を抱いていないだろうし、鉢合わせを避けられたのは助かった。

部屋の外に声が漏れないつくりの執務室だが、天井までは防音が施されていないようで、ギルド長の怒鳴り声とマリッサの父親の声がよく響いた。

「面会の約束もせず、勝手に来おって！　お前は見習いか！」

「こちらは何度も連絡をしている。父さんが無視するからここまで足を運ぶハメになっただけだ」

「はん。返事はしたぞ。お前がその返答を気に入らなかっただけであろう」

「あんな曖昧な言い方、返事とは言わない」

何を揉めているか分からないけど、この二人の声はそっくりで困る。声だけ聞けば、爺さんが一人二役の喜劇をやっているようだ。

声を潜め、月光さんに尋ねる。

「月光さん、ここで盗み聞きをしてもいいんですか？」

爺さんのプライベートを勝手に覗《のぞ》くのもね。

「気になりませんか？」

正直、気にならない。もうマリッサとは絶縁している人だし、爺さんとのごちゃごちゃは聞かなくても——

「父さん、答えてくれ。マリッサの拾った子供と貴族の関係性はなんだ？」

「しつこいな。返事した通り、何もないと言っているだろ！」

「では、なぜ貴族がその子供のことを嗅《か》ぎ回っていた？」

え？　私の話？　貴族が嗅《か》ぎ回っていたって何？

二人の会話は聞かないつもりだったけど、私の話をするのなら聞きます！　聞き耳を立てれば月光さんが揶揄《からか》うように言う。

「盗み聞きをしたくないなら、移動しましょうか？」

「月光さん……結構意地悪ですね」

私が関わっている貴族といえば……ウィルさん、ザックさん、変態騎士、それからたぶん貴族であろうレオさんの誰かか？

ジョーの実家はマリッサの実家と知り合いのはずだから、嗅《か》ぎ回るとかはする必要がなさそう。

「何を気にしている？　お前はマリッサと絶縁してるから関係のない話だろ？」

「嗅《か》ぎ回られているのが私の商会なら関係あるだろ！」

天井裏にも届く爺さんの大きなため息と舌打ちが聞こえる。相当イラついているな。

「大体、お前はそれが誰の手の者かも知らんのだろ？」

「やり口が貴族だ。それだけは確かだ」

「何度も言うが前に返事をした通りだ。大方ジョーと商業ギルドが共同開発している物に興味を持った貴族だろう」

「やつらが嗅《か》ぎ回っていたのはスパークについてではない。ミリアナという子供の件だ」

「マリッサとお前はもう関係がない。お互いにそう思っている。今さら関わるな。この話は終わりだ」

「父さん！」

爺さんがミカエルさんに警備を呼ぶように指示する。

「大体、お前はそれを聞いて何がしたい？　あわよくば、自分の利になることを模索しているだけであろう？　それより、残ってくれた家族に目を向けろ。マリスやクリスは商会を継げる器に育っているのか？」

「それは――」

「お前は、昔と変わらないな。ローズレッタ商会の会頭だろう？　ちゃんとせい！」

「くっ。こちらはいらない迷惑をかけられたくないだけだ――それは、マリッサの子供の絵か？　エードラー・スパークにそっくりだな」

あ、爺さんに渡すため、ジーク成長記録の絵をそのままテーブルの上に出していたんだった。

爺さんが皮肉たっぷりの声で言う。

「なんだ？　惜しくなってきたのか？」

「そんなことは言ってない。クリスと同じ絵師だと思ったから質問をしただけだ。ただそれだけだ」

「ふん。聞きたいことが終わったのなら警備が来る前に帰れ。なんだ、その顔は？」

「父さんの方こそ、相変わらずで安心しました」

「精いっぱいの嫌味か。お前は自身に商才があったことをバルティ様に感謝するんだな。その性格のみではローズレッタ商会を潰しかねん」

「父さんにだけは言われたくないよ」

親子喧嘩はミカエルさんの呼んだ警備員が到着したことで終わりを迎える。マリッサの父親は警備員に誘導されて、勢いよく執務室を出て行った。

二人とも相当頑固なのか、互いに譲らず平行線な言い合いだった。月光さんに回収してもらっていてよかった。あれに遭遇《そうぐう》したミカエルさんが不憫《ふびん》だ。

月光さんにお姫様抱っこに抱えなおされ、執務室に一瞬で戻る。本当にどうなっているんだ、この魔法……

「月光か。ミリアナ、わし主も驚いたであろう。お主……ちと埃《ほこり》が付いておるぞ」

「クリーン。天井裏の掃除をお勧《すす》めします。先程の人は息子さんですよね？　姿は見えませんでしたが、声はそっくりですね」

「死んだ妻に甘やかされて育った愚息だ」

「そうですか。ところで、貴族がうんたらの話はなんでしょうか？　聞いていないんですが……」

爺さんが、チラリと月光さんを睨む。月光さんのせいではない。誘導はあったけど、私が盗み聞きしただけだ。月光さんなりの気遣いであの会話を私に聞かせたのだと思う。

「まぁ、確かに長くは隠せんな。丁度いい時期でもある」

爺さんが言うには私の動向は一時期、何者かに監視されていたらしい。

なんでも年末、宿に泊まっていたクール系の女性とあの汚い男の客が貴族の影だったらしい。

怖い……そんなの全然気づかなかったよ！

「貴族の影ですか……」

「そうだ。何か心当たりがあるか？」

影に監視されるような心当たりなどない。ん？　待って。そういえば、以前ウィルさんにリンゴで何をするのかとか、変わったことはなかったかとかいろいろ聞かれたね。まさかね……

「もしかして、ウィルさんですか？」

「ほぉ。やはり、あやつが貴族だと勘づいていたか。ウィルと名乗っているあやつは、トレンチ男爵の爵位を持つ貴族だ。影の二人とも接触していた人物だが、厄介なのがトレンチ男爵はその辺の腐れ貴族ではない。王太子派の中枢《ちゅうすう》だ」

「……なんでそんな人が猫亭に泊まっているのですか？」

「……知らん」

ウィルさんってそんなに偉い人だったの？　爺さん情報だと、元は辺境伯《へんきょうはく》の子息で最近トレンチ男爵の爵位を賜《たまわ》ったという。申し訳ないけど、そんな風には見えない。

それにしても、王太子の臣下って――ん？　んんん？　それならウィルさんと一緒にいたセレブニート風のレオさんはいったい何者？

（まさか、王太子自身……）

いやいや、一国の王太子が冒険者に交じって市井《しせい》を彷徨《さまよ》ってるとかあるの？　普通に大口開いてオークカツを食べていたけど？　爽やかではあるけど、あのこんがり肌でワイルドなレオさんが？　そんなことあるの？

急いでペンを走らせ、レオさんの顔をスケッチして爺さんに見せる。

「この人が誰か分かりますか？」

「これは……王太子殿下だが、なぜお主がこのお方を知っている？」

くっ。やっぱりそうか。独特なオーラを放つ雰囲気はあった。なんで王太子がうちみたいな安宿に来たのか理解不能だ。

王室公認であるローズレッタ商会元会頭の爺さんは、何度も王城に出入りしていたので、当たり前だが王太子の顔をよく知っていた。

執務室にある王様の肖像画《しょうぞうが》を見上げる。王様の肖像画《しょうぞうが》は飾《かざ》られているが、王太子の肖像画《しょうぞうが》は見たことがなかった。ロマンスグレーの王様は確かにレオさんに少し似ている。

いや、顔のパーツに注目すればあからさまによく似ている。なんで今まで気づかなかったんだ。

チョコレートがどんどん遠くなる……レオさんがチョコレートを入手できたのも、権力の頂点付近にいるからか。

「チョコレート……」

「お主、まだそのちょこれーとを探していたのか。なぜ、今、それが出てくるのだ」

以前、爺さんにしつこくチョコレートの存在を確認したことがあった。爺さんは知らないようだったけど、私は諦めていない。

「ウィルさんが、この人と一緒に家の近所にいました。チョコレートをくれた人もこの人でした」

「『この人』呼ばわりをするでない。殿下と呼ばないか。いつ見たのだ？」

「何度か見かけて、昼食も一緒に食べましたけど……」

「は？　おい、月光」

爺さんの眉間に皺《しわ》が寄り月光さんを睨んだ。

「私がついている際、宿でお見かけしたことはありませんでした。トレンチ男爵を尾行した時も。それにしてもご幼少の頃と比べ逞しくなりましたね」

王太子は成人前はもやしっ子だったらしい。影である月光さんは王城に入ることは禁止されているので、月光さんは爺さんのように頻繁には王太子の姿を見ていないらしい。

「そうか。ミリアナよ。なぜ見張られていたのかは分からないが、おそらく殿下の命令であったのだろう。それがお主にとって吉と出るのか凶と出るのか……」

「それって目をつけられたってことですか？」

「お主は、軽率な行動が多い。遅かれ早かれ貴族や有力者には目をつけられていたであろう。王太子殿下は人格者で知られている。理不尽な要求はしてこないだろう」

たまたま興味を持っただけで影を放ってくるって……それ、人格者なのか？　王族の常識が分からないのでなんとも言えない。

「そんな簡単な話ですかね？」

「お主の本質を知らず、たまたま興味を持っただけの可能性もある」

「本質って……化け物じゃないんだから」

爺さんと月光さんが私の言葉に黙りこみ、ジト目で見てくる。変な沈黙をミカエルさんがフォローしてくれる。

「ミリー様は化け物じゃありませんよ。ですよね、ギルド長」

「う、うむ。ただの爆弾だ」

爺さん……全然フォローになっていない。

「その、何かできる対策とかありますか？」

「お主が大人しくしておくことだろうな。お菓子に魔道具とすでに手遅れかもしれんが――しばらくは悟られないであろう。しかし、王太子殿下か、うむ。貴族なら誤魔化しが利くが、殿下には嘘はつけない。つこうとも思わん」

爺さんが苦虫を噛み潰したような顔をすれば、ミカエルさんが私の肩に手を置きながら言う。

「影の監視はすでに解かれています。それは、殿下の興味がミリー様から逸れたということだと思います」

「ミカエルさん、ありがとうございます」

「とにかくお主はしばらく大人しくしろ。何かあったら連絡するように」

爺さんには分かったと返事をするが、不安ではある。気にしてもどうしようもないけどね。レオさんと最後に会った時は普通に食事してたしな。大したことではないだろう。

このことはジョーたちには伝えたほうがいいのかと悩んでいると、爺さんに念を押される。

「マリッサには余計な心配はさせないよう、頼むぞ」

「……はーい」

保留だね。とりあえず、しばらく大人しくしておこう。

「ミリー様。情報が多く混乱されているかもしれませんが、お店の売り上げの報告に移りたいとおもいます。よろしいでしょうか？」

「もちろんです。ミカエルさん」

そうだった。売り上げの報告を聞きにきたのだった……

月光さんはいつの間にか消えたけど、仕切り直しだ。紅茶を淹《い》れ直し、三人でソファに座るとミカエルさんが報告を始める。

「ギルド長からも聞いたと思いますが、菓子店リサの初回の週の売り上げは大変喜ばしい結果でした。その額金貨二十枚、小金貨六枚、銀貨九枚と銅貨二枚でした。今まで担当した中で一番です」

「そ、そんなに？　嬉しいですね」

初めの三日間の売り上げは、金貨九枚、小金貨七枚、銀貨五枚に銅貨四枚だったので、売上が多いと予想はしていたけど、そこまでとは……ミカエルさん、物凄《すご》く嬉しそうだ。

「ミリー様の希望通り、一週間に一日の定休日を設けておりますので実質は六日間の売り上げとなっております」

「老後が明るいですね！」

「お主はたまに婆さんのような発言をするな」

爺さんが鼻で笑いながら言う。婆さんって……

売り上げには素直に驚いている。実は営業日のうち一日は雨天だったのだ。その日は客足が遠いたのではないかと思っていたのだが杞憂だった。雨の中で列に並んでくれたお客さんには感謝しかない。

しかし一週間で金貨二十枚以上って……委託料や経費に人件費を差し引いても相当の額だ。数ヶ月と待たなくても、すぐに初期費用分以上儲かるんじゃない？

「ミリー様。これからですよ。じゃんじゃん儲けていきましょう。初動は順調でお店の噂《うわさ》の広まりも早いですので、今後もっと忙しくなると思います。」

ミカエルさんは目をキラギラさせながら天に祈り、爺さんは指先でお金を跳ねるジェスチャーをしている。こちらでのお金を稼ぐ意味の仕草だ。二人ともニヤニヤの笑みが性悪だ。

二人の性格は似ていないと思ったけど商人特有の共通する何かがあるよね。ロイさんもこんな顔してたもん。

その後、ミカエルさんに売れた商品の内訳報告を聞く。

商品はパウンドケーキとクッキー類が一番多く売れ、次点がなんとマカロンだった。ミカエルさんはそのうち『マカロンは正義です』とでも言い出しそうな勢いでマカロンの売上を褒めている。マカロンは貴族からの注文が多かった。ミカエルさんが言うには、貴族の多くは社交の場で話題についていけるように高級な物ほど買う傾向があるそうだ。マカロンは小さいのに銅貨二枚という値段もあるが、そのカラフルな色に興味を示し全種類の味を注文していた貴族も多かったという。爺さんは奇抜な色を嫌がったけど、貴族のウケは上々そうだ。

ダイニングや持ち帰りのお客さんも色鮮やかさに惹かれ試しにと購入する人が多かったらしい。中央街はお金持ってる人が多いね、いいね！

売り上げ最下位はレーズンサンドだった。でも、悲観することはない。菓子店リサの客層は女性が多かったらしい。この国ではお酒を嗜《たしな》む女性は男性に比べて少ないという。今後レーズンサンドについては、酒に合うって売り文句だけではない別の売り方をすれば良いだけだ。

売上全体を見ればやはり貴族の予約注文の割合が高く、次にダイニング、そして持ち帰りの順だったそうだ。

私の予想では持ち帰りのほうが売り上げ多いかなと思っていたけど、蓋を開けてみれば持ち帰り組は単価の安いパウンドケーキとクッキーの購入が中心だったようだ。

逆にダイニングのお客さんは一人あたりの単価が高く、さらに帰り際には追加で持ち帰りもする。その分もダイニングの売上として計算しているがゆえの結果らしい。

ダイニングの席はそこまで多くないが、初週では滞在時間の制限をして客席の回転率を高めていたという。

ちなみにダイニングで一番お菓子を購入してくれたお客さんは、あのオーシャ商会会頭のカシアンさんだったそうだ。ダイニングでたくさん食べただけではなく、お土産も相当な数を購入して帰ったという。オーシャ商会のお店にもいつか行きたいな。

「まだ一週間ですので、今後の売れ筋は断定できません。ですが、どの商品も予想以上に売れています」

菓子店リサが好調なのは嬉し事だけど、心配なのは従業員だ。初めの数日はやる気で切り抜けられるかもしれないが、それが数週間続けば――

「ミカエルさん。従業員は足りていますか？」

「本日はそのお話もさせていただく予定でした」

やはり繁盛している分、従業員が足りていないようだ。

休みのシフトを考えると、もう二人は厨房に欲しいということだった。新しい従業員は料理長のルーカスさんとミカエルさんの人選で雇うようお願いした。

多忙の中、新商品を投入すれば新しい従業員のトレーニングがままならない。

残念だけど、スライムちゃんの販売時期は延期することにした。夏用に作ったけど、秋でもいけると思う。

「それから、ショーケースの販売も徐々に始めました。現在、酒屋、肉屋や高級八百屋などから予約が入っています」

「そうですか。肉屋には棚に直接入れずトレーを使うように指導をお願いします」

ノーバクテリア繁殖でお願いしたい。うーん……ちょっと不安だ。後でマニュアルを書いておこう。もちろん、ミリー流の清潔基準で書かせてもらう。

ショーケースについては、なんとロイさんが会頭を務めるアズール商会も数台購入したらしい。

アズール商会は王都で高級八百屋の店舗展開、アジュールの街では魚介類も販売しているらしい。

ロイさんはいろいろ手をのばしているんだね。高級八百屋はフルーツ類が充実しているらしい。

フルーツって下町の店でも高いのに……

魚介類もいいなぁ。残念なことに今はまだ新鮮なまま王都に運べないのが悔しい。

冷凍だったらいけそうなんだけど。アジュールからの王都までの道のりは馬車で一週間近くかかるそうだ。くぅ。

それにしてもロイさんはショーケースをアジュールの街まで運ぶ予定なの？　ガラスが割れない？

「アジュールにいつか行ってみたいです」

「お主はカニの愛好家じゃったな。アジュールか……ふむ」

爺さんたちとの話も終わり、ガレルさんの迎えを待つ。

売上報告のウハウハで忘れていたけど……レオさんが王太子か。ウィルさんも含め、本当に下町で何してんだろうあの人たち。この際、面と向かって問いただすか？　いや、王族と貴族だしな。やめておこう。

次の売上報告からは月単位になる。初月の売上が楽しみだ。グフフ。

「迎え来た。なんだ？　またイタズラを考えてるのか？　邪悪な顔をしてる」

一人でニヤニヤしていたからか、迎えに来たガレルさんに疑いの目で見られる。

私の顔はきっと爺さんとミカエルさんにそっくりだった。二人のせいだ。絶対にそうだ。

別れと青い鳥の処遇

今日は早起きをしたので、朝食の手伝いをするために厨房へ向かいちょこんとドアから顔を出しジョーに挨拶をする。

「お父さん、おはよう。手伝いに来たよ」

「ミリー、早いな。手伝いしてくれるのか？　ありがとうな」

「今日はピザトースト？　美味しそう」

ピザトーストのトレーに載せるのを手伝っているとジョーが少し暗い顔をして話す。

「マージ婆さんだが……今月息子夫婦の家へ移るそうだ。心配した息子夫婦に説得されたみたいだ」

そっか……お婆さんがいなくなるのは寂しくなる。鳥にも会えなくなるのか。でも、お婆さんの安全が一番だから仕方ない。

「寂しくなるね」

「ああ。ただな、息子夫婦の家には猫と小さなひ孫がいて、鳥を連れて行くのは難しいって話だ」

どうやらマージ婆さんは、鳥を信用できる人以外に手放すのを嫌がっているそうだ。

近所でも鳥を引き取れないかと聞いたらしいが、ダメだったようだ。

そうだよね。ジゼルさんは鳥が嫌いだし、猫亭もジークがまだ小さいし食堂もあるのでずっと面倒を見るのは大変だ。誰か鳥好きの里親がいればいいのに。

朝食の配膳を始めると呼び止められる。

「ミリーちゃーん。こっち二つ、朝食を頼む」

「ザックさん！　と……ウィルさん。おはようございます。今、お持ちしますね！」

なんちゃら男爵のウィルさんだ。

この人は、レオさんが影を使って私を監視させていたのを絶対に知っていたはずだ。

注文された朝食のピザトーストを運ぶと、ウィルさんの口角が少し上がる。ピザトーストはウィルさんの好物だ。

それにしても本人を目の前にして、監視されていたことへの恨みや、怖いという気持ちが湧かないのが不思議だ。ううん、ストーキング行為自体には腹が立っているけど。

ウィルさんをジト目で凝視《ぎょうし》する。あ、そういえばウィルさんとは貴族であることを黙っておく代わりに、なんでも一つだけお願いを聞いてくれると以前約束をしていた。

「なんだ？」

「ウィルさん。以前、なんでもお願いを聞いてくれるって言ったのを覚えていますか？」

「……ああ。それがどうした？」

「お願い事があります。そんな身構えないでください。できないお願いではないです」

ニヤリと笑うとウィルさんが訝《いぶか》しげな表情になる。あの青い鳥たちはウィルさんに懐いている。

特に少し大きい方の一匹はウィルさんに恋をしているようだし、男爵様だったらきちんと面倒を見る財力も、人手もあるだろう。

「鳥たちのパパになってください！」

そう言うと、隣に座っていたザックさんがブッと飲んでいた水を吹き出す。ウィルさんも困惑したように尋ねる。

「パ、パパだと！」

「あ、里親ですよ」

「鳥ってあの青いやつらか？」

ウィルさんに鳥たちとマージお婆さんの事情を説明する。ウィルさんは悩んでいるようだが、鳥のことをそれなりに気に入っているのは分かっているので追い込みをかける。

「ダメですか？　このままだと鳥たちが可哀想で……」

「しかし、俺も家を空けることが多いからな」

「ウィル。鳥の世話は、使用人がいるんだから大丈夫だろ？」

ザックさん、ナイスだ。ウィルさんが悩みながら人差し指でこめかみをなぞる。

「はぁ、分かった。引き取ろう。だが、これでお願い事の約束は果たしたからな。分かったか？」

「アイアイサー」

元気にビシッとポーズを決め返事をする。

「なぜ額に手を当てている？」

「……なんでもないです。鳥のこと、お父さんに伝えておきますね」

ジョーは初め、ウィルさんが鳥を引き取ることに驚き「冒険者なのに大丈夫なのか？」と心配していたけど、ウィルさんは金持ちの息子だから大丈夫だと説明した。

その説明でジョーが納得したのは、ウィルさんのあの、お金ありますよってオーラもだろうが、その後に譲渡のため準備した豪華な鳥カゴのおかげだろう。渋っていたわりには短期間で準備した鳥カゴが豪華で、なんだかほっこりした。


数日後、マージお婆さんと別れの日が来たので近所総出で見送りをする。

最初、マージお婆さんはウィルさんに鳥を引き渡すことを躊躇していた。

でも、鳥があまりにもウィルさんに懐いていたのを見て安心したのか、最後には譲り渡す決意をしてくれた。ウィルさんは鳥たちのために自宅の準備してから迎えに来る予定だ。それまで鳥たちは猫亭で預かることになった。

マージお婆さんが鳥たちと最後のお別れをする。

「ほら、餌だよ」

『エサノジカンダヨ』

「お前たち元気でな。次の主人のところでも可愛がってもらいな」

ジョーが鳥カゴを受け取り離れると、安堵したようにジゼルさんがマージ婆さんにお別れをする。

「マージさん。寂しくなるよ。元気でね」

「ジゼル。世話かけたね。今までありがとうよ。みんなもありがとう」

ジゼルさんの横にいたマイクが目に涙を溜め言う。

「婆さん……」

「コラ。悪さ坊主。泣くんじゃないよ」

「泣いてねぇよ」

マイクが必死に涙を隠す。悲しいなら泣いていいんだよ。

近所の人たちとお別れをしたところで、マージお婆さんの息子が出発の知らせに来る。今日のために借りたという荷車にはお婆さんの私物がのっていた。

マージお婆さんの住んでいた家は今後貸し出すため、大きい家具はそのまま家に置いていくらしい。次の住人が見つかるまで不審者が住み着かないように近所の人たちで見張る予定だ。

「じゃあ。あたしは行くよ」

「あ、マージお婆さん。これ餞別《せんべつ》です」

「餞別？　相変わらず、変わった子だよ。なんだいこれは――」

マージお婆さんには、鳥たちの絵を餞別として贈った。鳥の絵を見ながらマージお婆さんが少し目に涙を溜めるのが分かった。

「引っ越し先でも鳥たちの姿が見れればなって思って……」

「そうかい……あんた、良い子だね。ありがとうね」

鳥とは離れてしまうけど、せめて絵を見て寂しさが半減できるといいな。

『ピィーピィー』

鳥たちも別れを惜しむようにどこか寂しそうな鳴き声をする。その姿には哀愁が漂っていた。

荷車にマージお婆さんが乗り、手を振る。ゆっくり動き出した荷車を子供たちで追いかけた。

「婆さん、元気でなー」

マイクは見えなくなった荷車にいつまでも手を振っていた。

「マイク、大丈夫？」

「おうよ！　ミリー、帰るぞ」

「うん」

その後、ウィルさんの迎えが来るまで私は鳥たちの世話を頑張った。そう、凄《すご》く頑張った。鳥たちにコソコソと言葉を教える。

「ゴニョゴニョ」

「ミリー、何をしてるの？　ずいぶん鳥と仲良くなってるわね。別れる時に悲しくなるからほどほどにしなさいね」

「お母さん、大丈夫だよ。鳥にちょっと『お勉強』をさせていただけだから」

青い鳥たちに新しい言葉を覚えさせて一人でニヤリと笑う。これは、私からのウィルさんへの報復だ。幼女ストーキングへのお返しだと思ってもらいたい。

それから数日後、ウィルさんは運び屋と共に鳥の迎えに来た。

恋する一羽はウィルさんの姿が見えると大興奮して羽をバサバサさせながらアピールをする。も

う一羽はすまし顔でクールに対応しているけど、ウィルさんが撫《な》でると目を瞑《つむ》った。

ジョーが鳥の餌を渡しながらウィルさんにお礼を言う。

「ウィル、鳥のことは本当に助かった。ありがとうな」

「気にするな。ジョーの娘とも約束したから、面倒はしっかりと見る予定だ」

ウィルさんを見上げ、含みのある満面の笑みで言う。

「ウィルさん、楽しんでくださいね」

「ん？　ああ」

◆

鳥の移動後、トレンチ男爵邸にて執事がウィリアムを出迎える。

「旦那様、おかえりなさいませ。こちらが、例の鳥たちでしょうか？　大変美しいですね。旦那様の部屋に鳥を移動させていただきます」

「ああ、よろしく頼む」

ウィリアムが鳥カゴを執事に渡すと一匹の鳥が騒ぎ、お喋りをした。

『ピィー。パ、パ、パパー』

執事が驚きながらウィリアムに問う。

「旦那様、この子供のような声は一体……」

『パパーパパーパパー』

鳥が何度もパパと言う声に覚えのあったウィリアムは眉間に皺《しわ》を寄せる。

「くっ。この声はミリアナだな。やられたな」

「子供のイタズラでしょうか？　可愛らしいイタズラでありますな」

ウィリアムにとっては可愛くはない。これは嫌がらせだと執事に反論しようとしたが、やめる。

「……このことは他の者には気づかれないよう頼む。そのうち、鳥も忘れるだろう」

「かしこまりました。話すのは一匹だけでしょうか？　もう一匹は静かですな。こちらも何かお喋りしますかな？　ほら、男爵様、男爵様、男爵様」

執事が何度か大人しいほうの鳥に声をかけると、面倒そうな顔で鳥が吐き捨てる。

『ダンシャクイモ』

「い、芋だと……ミリアナとは話が必要だな」

ウィリアムは額に青筋を立てながら鳥と共に部屋へ移動した。

菓子店での手伝いと調理器具

菓子店リサのお手伝いの日だ。

今日は一人で店へと向かっている。御者のジョンさんがいるので、厳密に言えば一人じゃないけど。

「では、後ほど迎えに上がります」

「ありがとうございます」

ジョンさんと別れ店へ入る。

グランドオープンしてから三週目だが、嬉しいことに客足は衰えていない。今日も予約注文が多く、開店前から忙しそうだ。

「おはよう、ジェームズ君」

「ビビアンさん、おはようございます」

今日は厨房の手伝いを頼まれた。厨房は早速新しい従業員を雇ったらしく、現在トレーニング中で手伝いがいるとのことだった。

ルーカスが言いにくそうに仕事を振る。

「ジェームズ君……悪いが皿洗いを頼む。おい！　ベンジャミン、やり方を教えてやってくれ」

返事をして急いでやって来るのはマイクよりも少し年上の少年だ。

「俺、ベンジャミン。で、あっちで卵黄と卵白分けてんのが、フィンだ」

「僕はジェームズ」

見習いのベンジャミンに皿洗いの手順を教わり、仕事をこなしていく。皿洗いは猫亭でもやっているから得意だ。

背後から私の手元を確認したベンジャミンがニカっと笑う。

「ジェームズは筋がいいな」

「ありがとう」

シンクにあった皿洗いが終わり、卵黄と卵白を一個一個、時間をかけて分けているフィンに視線を移す。

(あ、殻《から》がボウルの中に落ちた……)

殻を取ろうとそのままボウルに指を入れようとするフィンを止める。

「あ、待って。手を洗って水をつけるか、スプーンで取ったほうがいいよ」

「本当だ。ありがとう」

「あと、ちょっとした簡単な方法を教えるよ」

卵を数個ボウルに割り、大きめのスプーンで卵黄を簡単に掬《すく》う。

「ね？　簡単でしょ？」

フィンは大きく目を見開きながら卵黄を移したボウルを眺《なが》め頷《うなず》く。これで作業は少し速くなるだろう。そういえば、前世にスプーンに無数の穴を開けた黄身取り用の器具があったよね。あれだったら鍛冶屋で作れそう。

お店のほとんどのお菓子に卵が使用されているのに、卵黄を分ける作業に時間がかかりすぎている。一個一個しないといけないルールがあるわけでもない。

フィンが嬉しそうに卵黄を掬《すく》いながら言う。

「凄《すご》いな。俺、この作業が遅くて……このやり方ならいつもより早く作業が終わりそうだ」

「割らないように気をつければ簡単に早く終わるよ」

厨房を見渡す。オープン初日よりも全員の動きがスムーズだ。それでも改善の余地はまだありそう。特にレイラが卵白を泡立てている器具。あの落ち葉を集める箒《ほうき》のような造《つく》りの泡立て器はいただけない。

泡立て器に関しては前から気になっていた。一応あれでも泡立て器の役割は果たしているけど、正直使い心地は微妙なんだよね。

「おーい。こっちの皿洗いをまた頼む」

「はーい。今、行きまーす」

結局、延々と皿洗いに集中していたらいつの間にかお昼の時間になっていた。今日の賄《まかな》いは卵黄多めの野菜オムレツをライ麦パンに挟《はさ》んだオムレツパンだ。

卵黄が余ったのだろうか？　卵黄を有効活用できるお菓子といえばプリンが最初に思い浮かぶんだけど……容器の確保や冷蔵保存、オーブンで焼くか、蒸し器を使うか等々いろいろ問題がある。

それからなんといってもかかるコストだ。プリンはまだまだちょっと保留かな。あー、プリン食べたくなってきた。

そのうちカスタードクリームも作りたいけど……バニラがない！

オーシャ商会はバニラのような素材をオーシャ焼きに使っていたから、この世界でもどこかにあるはずだよね。オーシャ商会に『たのもー！』でもしようかな……ってダメだ。爺さんに大人しくしておくと約束したんだった。

でも、菓子店レシアを覗《のぞ》きに行くくらいならいいよね？　ミカエルさんの言っていたアジュール巻きも気になるし。

それにしても卵黄か。

秋の季節がすぐやって来るし、スイートポテトもいいな。今度ジョーと作って実験しよっと。

休憩室のドアが開き、ルーカスが入ってくると私の手元を見ながら眉を下げる。

「食べないのか？　不味かったたろうか？」

「あ、ルーカスさんも休憩ですか？　賄《まかな》いは美味しいですよ。少し考え事していただけです」

「そうか。今日は皿洗いばかりでなんというか――」

「ああ、そういう風に考えないでください。と、言っても難しいでしょうが……今は見習いのジェームズです。仕事中はドシバシこき使ってください」

「はは。参ったな」

苦笑いするルーカスにオムレツパンを渡しながら尋ねる。

「何か困ったことや必要なことはありますか？」

「いや、今のところ順調だ。新しく雇った従業員もよく働いてくれてる」

念のためにルーカスとの会話が外に漏れないよう風魔法でドアをガードしている。休憩室にルーカスと二人きりになっている状態をマリッサが見たら『ドアを開けなさい』と言っていただろう。

モグモグと無言でオムレツパンを咀嚼《そしゃく》するルーカス、少し疲れているのかな？　と思い、気づかれないようにヒールをかけてあげる。

「さて、俺は仕事に戻るが――お、不思議だな。疲れが取れて気分がいい」

「オムレツパンのおかげですね」

「そう……かもな」

午後も皿洗いに雑用をこなし、時折りダイニングエリアの手伝いもした。ダイニング利用客はやはり裕福な女性が多い。中には学生っぽいカップルもいて微笑《ほほえ》ましい。

「ジェームズ君。これ、お願い」

何度か話したことある店員の一人にベイクドチーズケーキとマカロンを渡される。

「あ、えーと……」

「窓際の二番よ。待たせてるから早くね」

テーブルにベイクドチーズケーキを運ぶ。学生風の若い男女のテーブルだ。二人はブース席の片方に一緒に座ってテーブルの下で手を繋《つな》いでる。くぅ、若い愛だよ。

「ナターシャ、菓子がきたよ」

お二人ともごゆっくりどうぞ。

菓子店リサはどうやらデートスポットとしても定着しつつあるらしい。

ちょっと……こっちが赤面するような熱々の台詞《せりふ》は控えてほしい。恥ずかしくなってしまう。

「ナターシャも綺麗だ」

「綺麗な色だね」

◆

後日、調理器具を作ってもらうために鍛冶屋へ向かう。

「こんにちはー」

「嬢ちゃんか。いらっしゃい」

ジェイさんは休憩していたのだろうか、お茶を飲みながら一服している。

「これ、お父さんからです」

「美味しそうだな。肉を挟《はさ》んだパンか？」

「コロッケパンです。中にチーズも入っていますから、早めに食べてください」

ジェイさんがコロッケパンと私を交互に見る。

「丁度腹が減ってるから、遠慮《えんりょ》なく食べるが……賄賂《わいろ》まで持ってきて何を作ってほしいんだ？」

「えへへ。調理器具です」

うだ。

「また、ヘンテコのやつか？」

ジェイさんが大口を開けてコロッケパンに齧《かじ》り付くと両方の眉を上げる。気に入ってくれたよ
ジェイさんが食べている間に作ってほしい調理器具をお絵かきの絵を見せながら説明する。卵黄と卵白を分けるエッグセパレーターと泡立て器だ。

「どうでしょうか？」

「やっぱりヘンテコな調理器具か。泡立て器は分かるが、こっちはなんだ？　大型のスプーンや皿に穴を開けるのか？」

ジェイさんがやや顔を顰《しか》めお絵かきを眺《なが》める。

「スプーン型じゃなくても、クルクルのスパイラル型でもいいんですけどね。目的は卵黄と卵白を分けることですから。皿型のほうはまとめて数個の卵を分けられるようにしたいんです」

「ふむ。また錆びない鉄で作るんだよな？　スプーンと泡立て器はそこまで金はかからないが、皿は使う素材の量が多い。高くなるぞ。銀貨八枚程度だな」

銀貨八枚のエッグセパレーターって……確かになかなかのお値段だ。

でも、木製で作ってもカビが生える可能性が高い。木工屋が塗《ぬ》る水用の塗料があるけど、やっぱり耐久性重要だ。よし！　ビシッと親指を立てる。

「大丈夫です！　よろしくお願いします！」

「分かった、分かった。金はジョーと持ってこいよ。それから、すまんが仕上げるのに少し時間が

かかる。洗濯機の注文が多いからな。できたら、伝える」

洗濯機の売れ行きも順調なのだろう。木工師と鍛冶屋は最近見習いが増え、看板も新調されていた。古い看板を新しくするのは商売が上手くいっているって意味だと聞いたことがある。

猫亭はジョーが看板を気に入っていてオープン初日から使っている木製の看板だけどね。たまに汚れた猫亭の看板にクリーンをかけて綺麗にしているので、新調しなくても新しく見えるから問題はない。

ジェイにお礼を言い、鍛冶屋を後にする。

思ったよりも早く終わったな。お絵かき説明は簡単で素晴らしい。言葉で説明するより何倍も分かりやすい。

そういえば、前世ではいろんなエッグセパレーターがあった。

吸い込んで分けるやつとか、鶏が吐いてるように見えるのとか。ああ、顔型の物で卵白の出てくるとこが鼻や口とかなのもあったね。ズルズルと出てくるビジュアルはなんというか……あれはあれで再現できたら楽しそう。

一人クスクスと笑いながら猫亭へ戻るとガレルさんに声をかけられる。

「楽しそうだな。笑い、邪悪だ」

「ガレルさん！　今日は休みですか？」

「ああ。今から教会に、行く。夕方前に帰る。ラジェも休み。部屋にいる」

「そうですか。いってらっしゃい」

ガレルさんは最近、休みは専ら教会へ通っている。敬虔な信者というよりも、ラジェの耳のために教会で手伝いをしていると聞いた。ガレルさんと同じ部屋で生活してるのにバレていないなんて……ラジェは結構な役者かもしれない。

(耳はすでに治っているんだけど……ガレルさんにどうにかして伝えたいな)

午後からはマルク、ラジェと一緒に勉強をする。内容はついに割り算に突入した。引き算が得意なマルクは割り算もスラスラと解いていく。マルク、凄《すご》い。ラジェも特に問題ないように割り算を解いていく。二人が計算問題を解いている間、ジークと数字の遊びをする。

「ジーク。赤いカニさんいーっぴき」

「いーぴき！」

「青い鳥さんはにーわ」

「にーい」

「緑のカエルさんはさーんびき」

「……しゃーん」

「そうそう。三匹だよ。よくできたね」

うん。数の意味が分かっているかはともかく、真似《まね》っこで数字を数えてくれるようになった。

マルクに割り算の質問をされジークから離れて立ち上がろうとすれば、ジークがスカートの裾《すそ》を握り不機嫌な表情をする。

――あ、しまった。

「ねぇね！　イヤー」

「ジーク。ねぇねともっと遊びたかった？」

ジークが大声で叫ぶ。あー、癇癪《かんしゃく》のお時間ですね。きっと昼寝の時間も近づいてきたんだね。マルクが遠慮《えんりょ》しながら言う。

「ミリーちゃん。僕は大丈夫だから」

「ありがとう。たぶん、お昼寝の時間だから寝かしつけてくる」

ジークをベッドに寝かせカーテンを閉めると、添い寝をしながら背中をトントンとさする。部屋も暗いし、すぐ寝るだろう。

ジークが静かになったから、寝たかと顔を覗《のぞ》きビクッとする。全然寝ていない。暗い部屋の中、ジークが目をガン開きしてるのが分かる。

「ジーク、ねんねできない？　じゃあ、特別にプラネタリウムしようか？」

土魔法で作ったボールに星やカエルなどの動物の形に穴を開けた中からライトを照らせば、天井と壁がキラキラの星で埋められる。クオリティは低いけど、星空ってなぜか癒される。

「ジーク、お星様だよ。キラキラだよ」

ジークは驚いた表情でキョトンとして、手を上にあげながら星を掴《つか》もうとする。

今、ジークは何を考えているんだろう？　しばらく二人で天井を眺《なが》めていたら、そのうちジークから寝息が聞こえてきた。やっと寝た。寝顔は相変わらず天使だ。

プラネタリウムを消し、静かにドアを閉めてからマルクたちの元へ戻った。

クリームコロッケとモヤシ瓶《びん》

朝、眠たい目を擦りながらリビングへ向かうとマリッサが繕《つくろ》い物をしていた。

「ミリー、起きたのね」

「お母さん、おはよう。ジークはまだ寝てるの？」

「そうなの。昨日、キラキラがないと寝ないって意地を張ってね。いつまでも寝なかったのよ。キラキラって何かしら？　ミリーは何か知ってる？」

「あー、うん。手作りのオモチャ」

ジーク、プラネタリムをかなり気に入ってくれたんだね。でも、そのせいでマリッサの負担が増えたようだ。ごめんなさい。

「あら、そうなの？　後で見せて」

「え、えっと、壊れちゃって。木工師に頼んで作ってもらうね」

魔法で出しました！　などとは言えず……マリッサにオモチャを見せる約束をさせられ朝食の手伝いに下りる。今日は目玉焼きとソーセージだ。匂いで分かる。

「ミリー、起きたか。これ食ってから客用のソーセージを焼いてくれ」

「はーい」

ソーセージと卵をパンに挟《はさ》んで頬張り、朝食のソーセージをせっせと焼く。うん、いい匂い。

ジョーが厨房の隅にある瓶《びん》を指差しながら言う。

「ミリー。気になっていたんだが、あれはなんだ？」

「あれは野菜を育ててるの」

「日に当てずにか？　大丈夫か？」

大丈夫だ。あれは瓶《びん》栽培をしているモヤシだ。瓶《びん》モヤシは煮沸《しゃふつ》した消毒瓶《びん》に緑豆《りょくとう》を入れ、水を加えたのちにガーゼのような布で蓋をして瓶《びん》の外側を包んで光を遮断《しゃだん》した物だ。

毎日、丁寧に何度も何度も水を入れ替えた。あと一日も経てば、瓶《びん》にはぎゅうぎゅうになるほどのモヤシが育つ予定なのだ。

緑豆《りょくとう》があれば春雨もできるんじゃない？　なんて夢を抱いて奮闘したが調理実験は大失敗に終わり、ジョーに緑豆《りょくとう》を無駄にするなと怒られた。

芋ならもしかして春雨ができるかもしれないけど、ジョーには却下されそうなので今は諦める。

緑豆《りょくとう》はこっちでは主にスープに入っている。

「この瓶《びん》の中は本当に食えんのか？」

「あー！　ダメダメ！」

ジョーが、瓶《びん》の包みを開けようとするのを急いで止めモヤシを死守する。ジョーに一番に食べさせることを条件に、今は中を見るのを諦めてもらったが……なんだかジョーがチラチラとモヤシ瓶《びん》を見る。ジョーの意識をモヤシ瓶《びん》から逸らそう。

「お父さん、コロッケのタネの余りってまだあった？」

「あ？　コロッケは今日ガレルが作る予定だが、なんだ？」

「それなら、ちょっと試したいコロッケがあるから、ガレルさんと一緒にタネ作りしようかな」

「新しいやつか？　それなら俺も一緒に作るからな」

「うん！」

モヤシ瓶《びん》をそっとジョーから隠すように厨房の端に置く。モヤシ、楽しみ。

朝食の時間が終わり三人でコロッケ作りに取りかかる。作るは、クリームコロッケだ。カニがないのでベーコンコーンクリームコロッケだ。

玉ねぎをバターで黄色くなるまで炒《いた》め、そこにベーコンとコーンを加えさらに炒《いた》める、小麦粉を入れてボタッとひとまとめにする。弱火で牛乳を入れながら混ぜる。

うん。いい感じだね。

「ミリー、なんだかペチャッとしてるぞ。これじゃ丸められないだろ？」

「うん。氷室《ひむろ》に入れて固めるの。揚げるのはいつもより短い時間で大丈夫だよ」

氷室《ひむろ》に入れて固まったクリームコロッケを俵《たわら》型に整える。残り調理法は通常とさほど変わらないのでガレルさんに任せる。

「これは、コロッケと形違う。なぜだ？」

「普通のコロッケより柔らかいから、この形のほうが油の中で転がしやすいでしょ？」

「確かに」

きつね色の美味しそうなクリームコロッケが揚がると、ジョーがツンツンとクリームコロッケを触る。

「形以外の見かけは普通のコロッケと同じだな。味は――ほぅ、ほぅ」

「あ、お父さん熱いから気をつけて」

クリームコロッケを全て口に入れてしまったジョーに水を差し出す。

「熱々だな。でも、サクッとした外とは違い中はトロッとしてんな。ガレルも食ってみろ」

ガレルさんがクリームコロッケを口に運んだので私もクリームコロッケを食べる。サクッと軽い衣にトロッとした中身からバターの風味と燻製ベーコンの味が口に広がる。至福だ。

ジョーもガレルさんも次のクリームコロッケに手が伸びているので気に入ったようだ。

実はこれはプラネタリウムを作ってほしいので、ビリー君への賄賂《わいろ》として献上しようと思っていた。

「お父さん、クリームコロッケをいくつか持っていくね」

「待て。誰に持っていくんだ？　コロッケの野郎か？」

「う、うん。そうだけど……」

「まだこれは非売品だ。勝手に猫亭に来ても作らないとあいつにきちんと伝えろよ？」

「も、もちろんだよ！　ちゃんと伝える」

ジョーの顔が近い。コロッケモンスターの襲撃は健在なんだね。

クリームコロッケ数個とともに木工師の工房へと向かう。

「こんにちは！」

「いらっしゃい。嬢ちゃんか。おーい！　ビリー、客だぞ」

この工房も従業員が増えたが、なぜか最近はビリー君が私の専属かのように扱われている。奥からビリー君が現れる。

「木陰の猫亭の娘ミリーか」

「はい。ミリーです。今日は作ってもらいたい物があって――」

「手に持っているのはなんだ？」

私の話を遮り、ビリー君がクリームコロッケに全集中して手を差し出す。

「新しいコロッケですが……ビリーさん、そのクレクレのポーズの前にお話があります。これはまだ非売品で猫亭に押しかけても用意することはできないコロッケです」

「そうか。分かった」

だめだ。クリームコロッケしか見ていない。今、ブツを渡してしまったら私の存在がビリー君から消えてしまう。

「お話をした後にお渡ししますから」

「そうか……」

しゅんと項垂れクリームコロッケのバスケットをチラチラ見るビリー君に作ってもらいたいプラネタリウムをお絵かきで説明する。

「球に穴を開けるのか？　光を通して何をするのだ？」

「天井に照らして楽しむんです。できれば丸い穴だけじゃなくて、別の形の穴もあけてほしいんです」

星の形を描きながらビリー君に説明をする。

「この形なら大丈夫だ。他は？」

「ハートとかですかね？」

「他は？」

「他はないです……」

クリームコロッケを見ながら圧をかけてくるビリー君がやや怖い。

「これなら、明日までには完成する。代金は銅貨一枚だな。話はこれで終わりだな」

ビリー君に両手を差し出されたので、大人しくクリームコロッケを渡す。そのまま丸一個をポンと口に放り込んだビリー君は目を見開くと、その後微笑《ほほえ》んだ。こんな満足そうな笑顔は初めてみたかもしれない。二つ目のクリームコロッケに手をのばすビリー君の手を掴《つか》み確認する。

「ビリーさん、覚えてますか？　クリームコロッケは非売品ですからね」

「ん？　ああ、心配するな。だが、販売されたら一番に教えてくれ」

「分かりました。一番に教えます……」

不安を感じながらも工房を後にする。非売品だとちゃんと伝えたからね。ジョー、後は任せたから！

次の日、できただろうモヤシ瓶《びん》の包みを開き、声を上げる。

「おお」

モヤシ瓶《びん》の中身は、ガーゼの蓋を押し出さんという勢いでモサモサと生えている。モヤシ瓶《びん》を振り、皿に中身を出すともっさりと大量のモヤシが出てきた。一週間程度でできるお手軽野菜のモヤシ。素晴らしい。こちらに来てからの初めてのモヤシだ。お久しぶりモヤシ！

栽培していた瓶《びん》は三つで、そのうちの二つは既に成功した。もう一つは、たぶんあと、二、三日時間が必要のようだ。どんな美味しい食べ物に変身させようかな。

「モヤシパラダイス開始だね！」

「それ……本当に食えんのか？　大体、なんで急にこのモヤシだったか？　これを作り始めたんだ？　こんな細い色のない野菜をどうすんだ」

隣で疑いの目を向けジョーが尋ねる。

「お父様！　モヤシにはたくさんの栄養があるのです！」

「ミリーがお父様という時は、何か後ろめたいことがある時だろ？」

ジョーがさらに怪しみながらジト目を向けてくる。ジョーにもモヤシに興味を持ってもらわねば。

「お父さん、モヤシのレシピでサミコ酢が使えるかも」

「お！　そうなのか！」

「モヤシは優秀だから」

実際、光がなくとも安易に栽培できるのにビタミンも豊富なモヤシ。戦時中はモヤシのおかげで壊血病にならず、敵に打ち勝ったという俗説まであるほどだ。ただのモヤシと言うなかれ。

でも、実のところモヤシの本当の栽培理由はイタズラ心からだ。

とある元モヤシ王子へのプレゼント用に作り始めたのは否めない。ジョーはモヤシのことを知らないようだから……この国にモヤシは存在しない、または主流ではないのだろう。

モヤシっ子と揶揄《やゆ》する文化もないだろうが……いいんだ。絶対にいつかモヤシをあの王太子にプレゼントしてやるんだ。

モヤシを水に浸《つ》け、種についている緑の袋を取る。

モヤシ栽培を始めてからずっとナムルが食べたかった。でも、ゴマ油がない。あ！　そうだ！

「お父さん。南豆《みなみまめ》のバターはまだある？」

「あー。あるぞ。マリッサがよくパンにつけて食うからな」

ジョーから受け取ったピーナッツバターと少量の油を混ぜ、味見をする。うんうん。香ばしさやコクはゴマに似てる。これでいけそう。

モヤシを軽く茹でてピーナッツバターと魚醤《ぎょしょう》に塩を混ぜたものを和《あ》える。ジョーの分のモヤシには、それに加え鷹の爪に似たペッパーを散りばめた。

「一品目、できたよ！」

「これだけか？　茹でたのを混ぜたようにしか見えなかったが？　どれ、おぅ……ピリっと後から辛さがあるのもいいな」

ナムルもどきを食べてみる。あ、これは坦々麺を思い出す。ピーナッツバターがいい仕事をしてる！　魚醤《ぎょしょう》の香りもあって、エスニック風だ。簡単、格安、美味し！　最高だね。自然と踊り出す。

「なんだ、その踊りは？」

「美味しくて羽ばたくダンス」

「分かったから。サミコ酢のほうも作るぞ」

ジョーの案で作ったオークとモヤシを含めた野菜のサミコ酢の炒《いた》め物、それから余ったモヤシを入れたスープはどちらも美味しかった。

モヤシコースの食事を済ませ、注文していたプラネタリウムを取りに木工師の工房に向かう。

店に入るとすぐにビリー君の元へ案内される。

「できてるぞ。取ってくるから待ってろ」

「わぁ。ありがとうございます」

ビリー君から、注文通りに無数の穴と星にハートの形が数か所に散らばって空いている球状のプラネタリウムを受け取る。注文時には言っていなかったが、穴の部分にもちゃんとやすりがけされていた。

プラネタリウムの中にライトを照らす。暗い場所ではないから天井には映し出されないが、綺麗にできている。

「ビリーさん。ありがとうございます！　こちらお代です」

「試しに、夜にそれを使ってみたが……凄《すご》いな。次回はもっと大きく複雑な物を作りたい」

「そ、そうですか。できたら是非見せてください。でも、工房は忙しそうなので無理はしないでください」

慌《あわ》ただしく仕事をする工房の従業員を見ながら遠慮《えんりょ》気味に言う。

「俺は暇だから、早速今日から――」

「おい！　誰が暇だって？　ビリー、嬢ちゃんの注文は終わったのか？」

親方のロベルトさんが仁王立ちで腕を組みながら言う。

「終わったが、今から――」

「そうかそうか。暇なんだな。仕事は山ほどあるぞ！」

「いや、暇ではない。今から――」

「嬢ちゃん、そういうことで、ビリーを連れて行くからな。気をつけて帰れ」

「はい！　ロベルトさんも良い日を。ビリーさんも」

話が終わる前に、ビリー君が親方に首根っこを掴《つか》まれ奥へと連れて行かれる。仕事が速くて丁寧だから主戦力なんだろうけど、ロベルトさんも大変そうだ。

プラネタリウムを手に猫亭へスキップしながら帰ると、手を振りながらザックさんが挨拶する。

「ミリーちゃん。おかえりー」

ウィルさんもいる。この時間に二人がまだ猫亭にいるのは珍しい。二人とも丁度昼食を食べ終わったところのようだ。こちらを睨んでいるウィルさんにも挨拶をする。

「ウィルさんも、こんにちはー」

「ミリアナ。話がある。ここに座れ」

目の前の席を指差しながら言うウィルさん。たぶん、鳥たちの話だろう。

上手く四階に逃げよっと。

「あ！　おトイレに行きます」

トイレへ猛ダッシュで逃げようとすれば、ウィルさんがいつの間にか目の前に立っていた。

「逃げるつもりだったただろう。このイタズラ娘」

「ソンナコトナイモン」

その後、ウィルさんに鳥たちの『パパー』や『ダンシャクイモ』について説教を受ける。

鳥たちは未だにパパという言葉が抜けず、毎朝、『パパーエサノジカンダヨ』と起こされているらしい。思わずククッと笑ってしまう。

「おい。何を笑っている。ザック、お前もだ」

鳥たちの様子を聞く限り、大切にされているようだ。よかった。

ウィルさんの説教が終わり、四階へ上がるとマリッサがジークの昼食の片付けをしていた。

「お母さん、プラネタリウムができたよ」

「ミリー、おかえり。それが、ジークの言っていたキラキラのオモチャなの？」

「ねぇね。キラキラ」

ジークがプラネタリウムを欲しそうに手を上げる。

「今からお昼寝させようと思っていたから、早速使ってもいいかしら？」

「うん。私もお昼寝したい！」

カーテンを閉め、三人でベッドに川の字になりプラネタリウムにライトを灯す。

「わぁ」

私の自作なんかより鮮明に星やハートの形が壁や天井に映し出されジークが嬉しそうに声を出す。

「ミリー、素敵ね」

「うん」

天井の星を眺《なが》めていたら、いつの間にか眠りについていた。

リアルスライムちゃん

八の月も後半、今日はマイクと約束していた森へ行く日だ。リンゴが美味しいのは九と十の月だけど……リンゴ、いっぱい採れるといいな。

「ミリー、ラジェ。迎えに来たぜ」

マイクが勢いよく猫亭へやって来る。今日はラジェも行くということで、心配したガレルさんもついてくる。大人は多いほうがいい。

「お父さん、行ってきまーす！」

「おう、気をつけろよ。これも持っていけ」

ジョーから全員分の軽食を渡される。美味しそうな匂いだ。

ゴードンさんとジョーが握手を交わす。

「ジョー、昼の用意ありがとうな。五の鐘前には帰る予定だ」

「ああ、ゴードン、ガレル。子供たちを頼んだぞ」

「お父さん、行ってきます！」

元気良く猫亭を出発する。

門へ着くと、門番に人数を数えられ身分証の提示を要求される。子供に身分証はない。

王都ガイムへの出入りの規制が以前より厳しくなっているとゴードンさんが文句を言いながら門番に身分証を出すと、門番が真顔で注意する。

「森はあまり深くまで行かないようにしてくれ。最近、魔物が出たという報告もあったからな。魔物避《よ》けはちゃんと持参しているか？」

門番の注意は気になったが、時期的にたまにあることらしい。門番がゴードンさんの魔物避《よ》けの香を確認後、門を抜け森へ向かう馬車に乗る。

森へ到着してリンゴスポットまで歩き出したのはいいけど、ラジェとマイクに挟《はさ》まれ、歩きにくい。

「危ないからちゃんと一列にならないか」

ゴードンさんに怒られ一列になる。後ろを振り向くと、ガレルさんが苦笑いしている。

リンゴエリアに到着すると、ゴードンさんが魔物避《よ》けの香を焚《た》く。

門番の注意があった上に、森初体験のラジェもいるからだろうか、ゴードンさんからは何度も香の香りが届かない場所に行ったり、大人の側を離れてはいけないと口酸っぱく言われる。

「「「はーい！」」」

元気良く手を上げ、三人一緒にゴードンさんに返事をする。

さて、リンゴ狩りのお時間です。今回リンゴで作りたいお菓子はもうすでに決まっている。リンゴ飴《あめ》だ。

マイクが胸を張り言う。

「おい！　ミリー、勝負だ！」

「却下！」

「なんでだよ！」

マイク……そんな餌の欲しいワンコみたいな顔をしてもダメだよ。今日のミッションは小振りのリンゴを吟味して選ぶことだ。マイクにもリンゴ飴《あめ》を作ったらちゃんとあげるからね。それで、許してほしい。

結局、マイクはラジェとリンゴ狩り勝負をすることにしたらしい。よかったよかった。ラジェにリンゴ狩りの秘策を伝授しているとマイクが怒り出す。

「おい！　ラジェ、ずりーぞ！　ミリー、不公平だぞ！」

「ラジェは今日初めてリンゴ狩りするので、不公平も何もありませーん」

「ぐっ。分かったよ」

かけ声と共に二人は大きなリンゴの木へと向かう。よしよし、二人が頑張っている間に私は端でゆっくりとリンゴの採取をしよっと。

前にも話したけど王都にもリンゴは売っている。一個、小銅貨五枚だけど……売り物のリンゴは確かに森のリンゴと比べると大きいけど、小銅貨五枚、前世でいう五百円相当のリンゴは庶民にはとても高い。見習いの年齢の子が数週間のお小遣いを貯めてやっと買える品物だ。

森のリンゴなら歪な形と酸っぱいものもあるけど、簡単に採れるのにね。まぁ、裕福な人たちは森で採取なんてしないだろうけど。

実は最近、売り物のリンゴも食べてみた。森のものとは種類が違い、大きくて甘さが強く酸っぱさが少ないリンゴだった。

確かに美味しかったよ。でも、私は森のリンゴも好きだ。酸味が強いけど甘みもあり、何より瑞々しさが特にいい。採ったリンゴをガブリと齧《かじ》る。うん。これならリンゴ飴《あめ》にも丁度いい。ついでにキャラメルアップルも作ろうかな。想像しただけでヨダレが出ちゃう。

リンゴを一人でむしゃむしゃ食べているところをガレルさんに目撃されてしまう。

「腹減ったのか？」

「えへへ。あの二人は？」

「まだ、リンゴ、採る勝負してる」

勝負を始めて小一時間くらい経ったかな？　ガレルさんが指を差すほうを見ると、二人ともカゴがリンゴでパンパンだ。そんなに持って帰れるの？

ガレルさんのカゴもいつの間にかいっぱいに何かが入っていた。見れば、リンゴ以外に薬草や柘榴《ざくろ》も採取しているようだ。

ガレルさんは以前、冒険者ギルドの解体部門で働いていて採取や軽い討伐もしていたそうだ。二の腕は太く、強そうではある。

「おーい。休憩しよう」

ゴードンさんの掛け声で木の下にみんなで集まり、ジョーの作ってくれたコロッケパンを頬張る。

休憩しながら今日の収穫を互いに確認する。私は小振りのリンゴが十五個だ。吟味しながら形の良い物を選んだ。

「俺は、三十個だ。どうだ、ラジェ」

「僕は……二十三個」

「よっしゃぁ！」

マイクはよっぽど嬉しかったのか、勝利の拳を空に掲げ大声を上げた。その後、ゴードンさんに叱られるまでは、ずっと勝利の喜びに浸《ひた》っていた。

「マイク！　そんなにリンゴだけ詰めこんだら、薬草を持って帰れないだろ！」

渋々とカゴを下ろし、減らすリンゴを吟味するマイクを優しく見守る。マイク……短い勝利のひと時だったね。でも、リンゴは捨てる必要はない。

「マイク、そのリンゴをちょうだい。みんなで食べよう」

「おう！　ミリーにはこれをやるぜ」

そう言ってマイクは一番大きいリンゴをカゴの中から取り渡してくる。

「捨てようとしたのでいいんだよ」

「大きいほうが美味いだろ？」

決してそんなことはないけど、マイクの中では一番美味しいリンゴを渡したかったのだろう。たまに可愛いところがあるマイクに笑顔で言う。

「マイク、ありがとう！」

「お、おう……」

照れ笑いを隠すようにマイクがラジェにリンゴを渡し、みんなで仲良くリンゴを食べた。

休憩が終わるとマイクはゴードンさんと薬草を採取しながらの勉強、私はラジェとガレルさんと一緒に柘榴《ざくろ》を探しに行った。

森を抜ける風で髪が乱れる。まだ暑いこの時期には珍しく強い風だ。髪の毛を結び直している間に、ガレルさんが柘榴《ざくろ》を見つけてくれた。

「柘榴《ざくろ》、あった」

「結構ありますね。前に採った時より大きい」

柘榴《ざくろ》を採ろうとした時、ベチャと音を立て目の前に何かが落ちた。

透明で丸くプルルンとした形のこれは……どう見てもスライムだ。

リアルスライムちゃんだ！

二匹、三匹とスライムが木から落ちてくると、ポッポポポと音がした。見れば、スライムたちが辺りに小さな火の玉を吹き始めていた。

「やっぱり、放火魔――わぁ！」

浮遊感がした時には、後ろ向きでガレルさんの脇に抱えられていた。その拍子に頭が下がったせいで抱えてたカゴからは次々とリンゴが地面へと落ちていく。

「ああああ。リンゴォォォ」

私の叫びが森にこだました。

「ラジェ！」

ガレルさんはラジェを回収すると、私たちを両腕に抱きしめ走り出した。ガレルさんならスライムを狩れるだろう。

でも今は子供優先で逃げようとしているのだと分かった。頭が下の体勢からは解放されたけど、すでに集めたリンゴの大半は地面に転がっていた。

距離を取るガレルさんの肩越しに見えたのは、地面に落ちたリンゴを燃やしながらポヨンポヨンと飛び跳ねるスライムたちだった。

（私のリンゴなのに！）

まるで嘲笑《あざわら》うかのようなスライムたちにイラッとしたので氷魔法で瞬間冷却の殺虫剤をイメージしたスプレー状のものをスライムに向け噴射する。

飛び上がった瞬間のスライムたちの何匹かに氷魔法のスプレーが当たるとカチカチに凍り、そのまま地面に落ちて砕け散った。

想像より強い威力だったけど、どうだ！　ラジェを見ながらドヤ顔を決めるとラジェにやや呆《あき》れた顔をされる。

「カキ氷スラ――あがが」

「ミリーちゃ――」

「二人とも、喋るな！　舌、噛むぞ！」

最後の「カキ氷スライム一丁あがり！」の台詞《せりふ》は言えなかった。

カキ氷スライムには気が付いていないガレルさんの走りですぐにマイクたちと合流すると、ゴードンさんが焦った声で尋ねる。

「ガレル！　どうした！」

「スライムだ。子供たち、頼む」

私たちをゴードンさんに預けると、ガレルさんはすぐにスライムの元へと戻った。

「スライムだと……魔物除けの香を確かめるから側を離れないように」

ゴードンさんはそう言うと、私たちと一緒に魔物避《よ》けの香を確認する。

「お香まだちゃんと焚《た》かれてますね」

「うーむ。おかしなところはないねぇ」

ゴードンさんが首を傾《かし》げながらお香の残量を確認する。お香の火はきちんとどれも点いたままで残量も八割以上残っていたのだ。

そういえば、スライムに出遭う前に髪が乱れるほどの風が一瞬だけ駆けていった。

「ゴードンさん。風じゃないですか？　少し前に強い風が吹いていました」

「そうなのか？　それはよくないな。風のせいで香の臭いが流れてしまったのか……」

盛夏の風死す時期の森にしては、珍しい強さだった。

呑気《のんき》に森を訪れ、リンゴ狩りなどしていたけど……ここは危険でいっぱいなのだ。

ジワリと額に汗が滲《にじ》む。汗が出るのは夏だからだけじゃない。どうやら残りのスライムたちが放火活動をしているようだ。煙とリンゴの焼けた匂いが漂ってくる。

くぅぅ。焼きリンゴ！

ガレルさんが不可解な面持ちで戻ってくる。カキ氷スライムを発見したのだろうか……

ゴードンさんが煙を吸わないように口に布を当てながら尋ねる。

「ガレル、スライムは始末できたか？」

「ああ……火も消した。あっちにいたのは一匹だけ。他はすでに——いや、それより今は、帰るが一番」

「あぁ。ガレルの言う通り、今日はもう帰ったほうがいいだろう」

ゴードンさんが急いで魔物除けの香を片付けながら荷物をまとめる。

火はどうやら無事に鎮火《ちんか》できたようだ。そんなに凄《すご》い火ではなかったみたいだけど、まだ辺りには煙が漂っている。私もハンカチを口に当てる。

スライム……とても迷惑な魔物だ。森の一員のはずなのに、我が家燃やしの愉快犯《ゆかいはん》なのか？　解せぬ。

帰りの準備をしていると、ガレルさんの熱い視線を感じる。ずっとこっちを見てるけど、気にせずに口笛吹きながらカゴのリンゴを確認する。くぅ。カゴの中のリンゴは残りたった六個だ。

「ミリーちゃん。僕のリンゴをあげるよ」

「本当？　ラジェ、ありがとう。ラジェにも美味しいリンゴをご馳走するね！」

「おい。ミリー。俺のリンゴもあげるから」

「マイクもありがとう！」

二人にリンゴを分けてもらい、カゴに入れる。さぁ、帰ろうとカゴを担ぐと、ポポポという音がまた聞こえ。

「避《よ》けろ！」

ガレルさんの大声で後ろを振り向いた時には、すでに小さな火の玉がこちらに向かってきていて、ゴードンさんが私たちを庇うように前に立った。危ない！

一瞬だった。魔法を使う前に胸元が熱くなったと思ったら、スライムの火の玉が何かにぶつかって跳ね返って地面に落ちた。え？　何？

熱くなった胸元を見れば、ギルド長の爺さんに貰《もら》ったネックレスが熱を帯びていた。

ガレルさんが半月刀の短剣で地面に落ちたスライムを刺し、卵形のベットリとした青く色を変えたものを取り出した。あ、固形燃料だ。

「大丈夫か？　さっき、何が起きた？」

「これです。お祖父ちゃんに貰《もら》ったんです」

「お祖父ちゃん？　東の商業ギルド長か。魔道具か？」

ガレルさんが、ネックレスに触れる。興味深く観察した後に砂の国の言葉で『大切にされてるな』と呟いた。

ゴードンさんも魔道具に驚いていたが、何かを察したようで深く追及はしてこなかった。マリッサやジョーの身元を聞いているのかもしれない。

「マイク。大丈夫？」

腰を抜かし座り込んでいるマイクに尋ねる。ラジェもスライムが現れてからずっと私の手を握りしめているけど、ちょっと痛い。

「全員無事でよかった。何かあったら、ジョーに顔向けできない。ほら、マイクも、もう立てるだろ？」

ゴードンさんが手を差し伸べるとマイクはちょっと恥ずかしそうに立ち上がった。ガレルさんがスライムの残骸《ざんがい》を回収する。スライムは袋に入れ、門番に証拠《しょうこ》として見せるらしい。ここまでの近場でスライムが数匹も出没するのはレアらしい。

その後は来た道を戻り、無事に森を抜ける。

途中、冒険者数人が歩いているのを見かけた。今日の成果は大猟だったようで、ニコニコ顔だ。荷物から何かいろいろな部位が出ているけど……そんなのは見えない。

私たちに気づいた冒険者の一人がゴードンさんに声をかける。

「薬屋の旦那さん。こんにちは。俺を覚えているか？」

「ああ。確か以前、口コミで薬を大量に買いに来てくれた冒険者だね」

「ああ。薬、凄《すご》く助かったぜ。また、よろしく頼む」

「そうか。またよろしくな。今日は、狩りか？」

「ああ。今年は魔物が多いな。こんな近場でも大量だ。俺らにとっては稼ぎ時だな」

いろんなところに擦り傷がついた冒険者は満面の笑みで挨拶すると、仲間の元へと走っていった。

ゴードンさんが唸りながら言う。

「しばらく、子供は森に近づけないほうがいいな」

「ゴードンも、採取は冒険者の護衛必要」

「そうだな。次回は冒険者を雇うとする。今日はガレルがいて助かった。ありがとう」

ゴードンさんに感謝され照れているガレルさんの腕と手を見れば、軽い火傷をしていた。こっそり治しておこう。

門の停車場に着くと、マイクが勢い良く馬車から飛び降りる。

「ミリー、門まで駆けっこ勝負だ！」

マイク……ちょっと前までは腰が抜けていたくせに、元気だな。

スライムの件は門番にも報告をして証拠《しょうこ》のスライムも渡して家路についた。

猫亭に到着すると、ゴードンさんがジョーに今日の報告をする。

「そうだったのか……ゴードン、ガレル、無事に子供たちを連れて帰ってきてくれて感謝する」

「いや、子供たちを危ない目に遭《あ》わせて申し訳なかった。子供はしばらく森へは行かせないほうがいい」

「ああ、そうだな」

マイクは、出迎えたトムにスライムとガレルの戦いをまるで自分のことのように熱弁していた。

もちろん腰を抜かした話は割愛されていた。

「ガレル、疲れただろう。夜までゆっくりしておけ」

ジョーと握手を交わし部屋に上がるガレルさんと目が合う。何か言いたそうだ。

「ガレルさんもラジェもゆっくり休んでね」

笑顔で手を振ると手を振り返してくれたが、ガレルさんのその目は疑いを抱いたままだった。

部屋に戻りジョーがマリッサにスライムの話を告げると、マリッサは真っ青になりぎゅっと強く私を抱きしめた。

「無事でよかったわ」

「うん。心配かけてごめんね」

ジョーとマリッサにしばらく森に行かないことを約束させられる。

残念だけど、従うことにする。

マリッサにはその後十分くらいずっとナデナデをされた。


その後、ようやく一人になったのでカゴの中のリンゴを確認する。ラジェとマイクからおすそ分けされた分を含めると十個以上の形のいいリンゴがあった。

スライムのせいで予定より早く帰宅したことで時間もあるし、早速リンゴ飴《あめ》を作ろう！

厨房で夜の準備をするジョーに声をかける。

「お父さん！　砂糖はどこ？　スプーンじゃないよ、リンゴ飴《あめ》を作るの」

「ミリー、スライムに襲われた後なのに元気だな。砂糖を出すからあっちを向いていろ」

隠された砂糖の在り処を盗み見しようとこっそり振り向くと、ジョーが真顔で腕を組みながらこちらを見ていた。

ちぇ。

ジョーから砂糖を受け取り、リンゴ飴《あめ》の制作に取りかかる。リンゴを洗って――木を削って串を作ろうとするが、ジョーに止められる。

「手元が危ないな、それは俺がやるから。これくらいの鋭さでいいか？」

「ばっちりだよ。えーと、キャラメルアップルも作りたいから……十個分をお願いしてもいい？」

「おお、あのキャラメルか？　作ってもいいが。スライムを使うぞ。大丈夫か？」

ジョーは、私が今回のことでスライムに恐怖心を抱いたのではないかと心配しているようだ。

確かにまた出遭いたいとかは思わないけど、あのプルルンとした体型は恐怖というより――

「大丈夫だよ。美味しそうだった」

「……そうか。ならいいが」

鍋に砂糖、水、それからビーツの粉を食紅の代わりに入れて混ぜ、火にかけてから煮詰める。

「焦げないか？　混ぜなくていいのか？」

「ダメダメ。ここは我慢。今混ぜたら、固形化してスムーズにならないから」

「そういうもんか？　やけに赤いな。泡が出てとろみが出てきたぞ」

飴《あめ》を少し串につけ、水の中に浸《つ》けて冷やす。触ると固まっているのでいい感じだ。

リンゴに串を刺し、急いで飴《あめ》を絡めたら並べて固まるのを待つ。光沢のある赤でコーティングされたリンゴには、とても目を見張る。宝石のようだ。

前世の子供の頃、これが屋台や遊園地で並んでるのを見ると心が躍《おど》った。リンゴだけじゃなくて、フルーツ飴《あめ》もできそうだ。楽しみ！　リンゴ飴《あめ》のコスト？　うん、まぁ……普通にスライムなんかより恐ろしいよ。

飴《あめ》が少し余っていたので、残りはべっこう飴《あめ》にする。赤色なので型があればハートとかにできて可愛いのに。とりあえず、四角の型に流し込んで固める。

「こうやってリンゴが並んでると、可愛いな。他のリンゴはキャラメル用か？」

「うん。こっちは丸ごと絡めて氷室《ひむろ》で冷やすよ」

ジョーの作ったキャラメルソースをリンゴにコーティングして氷室《ひむろ》に入れたら、キャラメルアップルの完成だ。

二つのリンゴ飴《あめ》を食べ比べるために並べる。

リンゴ飴《あめ》の最大の短所、それは食べ方の正解が分からないことだ。

以前誰かに聞いた時、切って食べるのだと言われたけど……食べ歩きをする屋台では、そんなことはできない。

屋台の派閥としては丸齧《かじ》り派、ペロペロ派、飴《あめ》だけ食べる派に分かれる。私は断然丸齧《かじ》り派だ。

早速、小さめの一口でリンゴ飴《あめ》を齧《かじ》る。カリッシャリと音を鳴らし、甘さと酸味の絡まったリンゴ飴《あめ》が口の中に広がる。前世の子供の頃の甘く懐かしい思い出の味だ。

隣でリンゴ飴《あめ》を食べるジョーを見ると、私と同じ丸齧《かじ》り派のようだった。

「美味いが、顔が汚れるな」

それから、子供にとってリンゴ飴《あめ》にはもう一つの難点がある。

途中までは美味しく食べられるのだけど、途中からお腹いっぱいになるし、ベタベタして食べにくくなるのだ。毎回、クリーンするのもね。それに今はキャラメルアップルも食べたいし。

そういう時は、リンゴ飴《あめ》の残りを親に渡すのが鉄則だ。残りのリンゴ飴《あめ》を厨房に顔を出したマリッサに渡す。

「あら、これは美味しいわね」

「ジークも！　ジークも！」

マリッサが飴《あめ》を剥がしリンゴだけを足元にいたジークに与える。リンゴを一生懸命美味しそうに咀嚼《そしゃく》するジークが愛らしい。

キャラメルアップルはさらに汚れそうだったので、切ってしまうことにした。

一切れ全部を口に入れシャリシャリと咀嚼《そしゃく》する。おぅ。こちらは見た日に反してリンゴの甘酸っぱさがシンプルに感じられる。ほどよくキャラメルが絡まるが、意外にあっさりしている。何個でもいけそう。

キャラメル好きのジョーを見れば、次から次と口に入れている。

「お父さんはもう終わり！」

キャラメルアップルをジョーから死守すると、リンゴ飴《あめ》のおすそ分けで呼んでいた、マイクとラジェも厨房へやって来る。

「おい！　危ないだろ。全員四階に行け」

わちゃわちゃ全員が騒いでいたらジョーに厨房を追い出される。

「はーい」

「あ、ミリー、ちょっと待て。これは俺のだな」

皿に載っていた最後のキャラメルアップルのひとかけらをジョーに奪われる。キャラメルアップルは冷蔵庫にまだあるからいいけどね！

四階へ向かい、リンゴ飴《あめ》をマイクとラジェに丸一個ずつ渡す。

「これが、ミリーが言ってたリンゴ飴《あめ》ってやつか？　キラキラしてんな。周りのこれは美味いな」

「リンゴ飴《あめ》、鏡みたいで綺麗だね。さすが、ミリーちゃんだね」

ラジェはペロペロ派で、マイクは外側の飴《あめ》から食べる派だ。マイクだったら丸齧《かじ》りだと思ってた。

「ねぇね！　ジークも」

足元でジークがおねだりをするが、マリッサにジークに砂糖は食べさせちゃダメと注意を受けている。

「ジークはうさちゃんリンゴにしようね」

「わぁぁぁ」

ウサギリンゴを切るとジークが凄《すご》い喜んでくれたので、調子に乗って余っていたリンゴで白鳥とペンギンも作った。

「なんだ、この鳥すげぇな」

「鳥かっこいい」

リンゴアートにはラジェとマイクも喜んでくれた。二人とも白鳥とペンギンを知らないけど鳥だとは伝わったようだ。

キャラメルアップルを頬張る。美味しいけど、九や十の月のリンゴはもっと美味しいはず。しばらく森に行けないのは悔しいな。スライムめ。

◆

リアルスライム遭遇《そうぐう》から一週間が経ち、九の月になった。

あの日以前からスライムを含め魔物が活発化していたらしいが、ついに冒険者や許可証がない限り森に入ること自体が禁止される命令が国から発令された。期間は未定だそうで、ゴードンさんとジゼルさんは冒険者の護衛必須での許可書が下りたが、マイクやトムは魔物関係が落ち着くまで森へ行くのは禁止になったらしい。ジゼルさんが護衛を雇えば薬代の値上げをしないといけないと嘆いていた。九や十の月は森には入れそうもない。マイリンゴ……

マイク情報によると魔物討伐には冒険者だけでなく、騎士団も出るらしい。変態騎士も参加するのだろうか？　怪我人が出ないことを祈るばかりだ。

ラジェはスライムが出たものの森自体は楽しかったようで残念そうにしていた。

「ラジェ。また森に行けるようになったら一緒に行こう！」

「うん！」

実は今、森に行けない問題より重要なことがある。チラリとガレルさんを見れば目が合う。

（ああ。また見てる……）

森から帰ってきて以来、ガレルさんの視線が熱い。目力が凄《すご》いから目が合うと背中がブルッとする。何か言いたそうなのに何も言わない。もう、あの視線には耐えられない。

うん。こちらから用件を伺おう。聞きたい内容の予想はできているけどね。

ガレルさんが食糧庫に行くタイミングで先回りをしてドアの後ろに潜む。食糧庫に入り箱を詰め込むために屈んだガレルさんを見計らってドアを閉める。ドアを閉めると思ったより音が出てさらに中は想像以上に暗くなった。

「誰だ！」

ガレルさんが何かを投げてくる。痛い痛い。その何かのうちの一つがついに頭の上で割れ顔に垂れてきたのでライトを唱える。

「私です！」

「ヒィ」

ライトを灯すとガレルさんの驚いた声がする。ライトの位置が丁度顔の下に来ており、これじゃ暗闇で下から懐中電灯を照らしている生首のようだ。顔に垂れてきた、これは卵か？

「ガレルさん、卵を下ろしてください」

「ミリー嬢ちゃんか？　侵入者だと思って、すまない。大丈夫か？」

「クリーンをすれば問題はないので大丈夫です」

「なんで、ここに？　またイタズラか？」

「違います……今の状況は本当にたまたまです」

頭から垂れた卵を拭きクリーンをかける。その間、ガレルさんはずっとこちらを訝《いぶか》しげに睨むが構わず話を続ける。

「私に、何か尋ねたいことがあるのですよね？　ここ一週間、顔に穴が空きそうでした」

「……そんなに見ていたか？」

「怖くて、夜も寝れませんでした」

わざとらしく身体をクネクネさせながら揺らす。

「それはすまな――」

「っていうのは、嘘です。毎晩熟睡しています」

「なっ」

ガレルさんで遊ぶのはやめよう。ここからは、真剣な話だ。私の表情が変わったのを見て、ガレルさんが息を呑む。

「ガレルさんが尋ねたいことは分かっています。でも、その答えはもう出ているのではないですか？」

「ああ。ミリー嬢ちゃん、白魔法使い。火傷だけじゃない、俺の腕にあった古傷も治っていた。あの時、腕に触って治した。だが、水魔法も使う……いや、スライム、あれは氷魔法か？」

「そうでしたか……」

あの時、ガレルさんがスライムの被害で受けた小さな火傷を治すだけの割には、魔力を多く取られたと思っていた。火傷だからかと特に気にも留めてなかったけど、同じ場所に古傷があったのか。今後は気をつけないとな。

「魔力も高い。古傷、完璧に治っている。力、隠しているのか？　ジョーは知っているのか？」

「ガレルさんも分かると思いますけど、この力が見つかるといろいろ面倒でしょう？　お父さんたちには……まだ、伝えていないです」

けど、もう隠し事も終わりにする時が来たのかもしれない。

ガレルさんが難しい顔をしながら尋ねる。

「ラジェ。治せるのか？　無理か？」

ガレルさんの本題はこれだろうね。ラジェが治せるのかどうか。

いや、もうとっくの昔に治してますけどね。どう伝えようか……ガレルさんがどんどん上目遣いで見つめてくる感じが大型犬のようだ。

「無理というか……」

「やはり、難しいか？」

「いえ、すでに治しました」

「は？」

「だから、すでに治しました」

少し呆然としたガレルさんは、少ししてラジェの耳がすでに治ったことを理解したのか、一気に表情が穏やかになる。安堵と嬉しさから目尻が垂れる色男のこの顔、近所の女子が見たら倒れてしまう。

「いつだ？　いや、そんなことといい。ラジェ、きちんと聞こえている、のか？　だが――」

「ああ、ラジェには以前通りの耳の聞こえないフリをしてもらっていました。大丈夫です。ちゃんと聞こえていますよ」

ラジェは演技派だな。どうやらずっとガレルさんを騙せていたようだ。

ガレルさんがラジェに会いに行こうと食糧庫を出ようとするのを風魔法の壁で妨害する。話はまだ終わっていない。

「これも、ミリー嬢ちゃんか？」

「まだ、話し合う事がありますので」

「俺は言わない。言っても誰も信用しない。だが、ジョーとマリッサさん。二人はいいのか？」

「分かっています」

「本当に七歳か？　ラジェも大人びている。でも、ミリー嬢ちゃん、神の化身《けしん》か？」

「変なことを言わないでください！」

ラジェには以前耳を治した時に女神だと言われた。ラジェもガレルさんも信仰心が強いのか……

女神や神の化身《けしん》とか話が大きくややこしくなるのでやめてほしい。

「この借りは、きちんと返す」

「神の化身《けしん》とかいうパワーワードは忘れてください。お父さんたちには近々話をします」

膨大な魔力や全属性の魔法のことは今まで家族には今まで隠してきた。でも、ジョーもマリッサも何かしらの疑いは持っていると思う。

ガレルさんにバレた今、ジョーとマリッサに隠し続けるのは家族としてダメだと思う。

二人に秘密にしているという後ろめたい葛藤《かっとう》は常にあった。

この力は逆に迷惑なのではという思いや、やはり二人との血の繋《つな》がりがないからどう思われるか怖いという考えがあったことも否めない。

二人のことは信用してるし、いつかはこの時が来ると思ってた。

「何を不安に思う？　信用してないのか？　二人はミリー嬢ちゃんを愛している」

「ガレルさんが愛してるっていうと、なんだか艶《なまめ》かしいですね」

「ナマメカシイとはなんだ？」

「色っぽいってことですよ」

「なっ！　大人、揶揄《からか》うのやめろ」

話も終了したので食糧庫から出ると、ガレルさんはすぐにラジェを抱き上げて頭にキスを落としていた。

砂の国の言葉で何度も神に感謝するガレルさんにラジェも耳のことだと理解したのか、こちらを確認したので口パクで伝える。

「大丈夫だよ！」

「ありがとう」

ラジェが照れくさそうにはにかみながら口パクを返してくる。ラジェも私と同じで隠し事に悩んでいたのだろうか。なんだか、悪いことしたな。

ガレルの喜びに受付にいたマリッサもびっくりしていた。

「まぁ。ガレルは、どうしたの？」

「うーん。とってもいい事があったみたい」

告げた隠し事

菓子店リサ開店から一カ月が過ぎ、今日は朝から商業ギルドにその報告を聞きに来ている。

ジョーは、新しいレシピであるクリームコロッケなどの登録に向かったので、爺さんと執務室で二人きり、茶会をしているのだが、ジョーとマリッサにどうやって隠し事を告げるのかばかりが頭を過《よぎ》ってしまう。

「お主、何をボーっとしている。菓子にも手をつけていないではないか」

「あ、ごめんなさい」

「今日はオークが空でも飛びそうだな」

菓子に手をつけていなかった私に爺さんが揶揄《からか》いながら言う。失礼な。

「少し考え事をしていただけです」

クッキーを口に入れ、お茶を飲む。ん。美味しい。ローズマリーの風味で上品な味だ。

爺さんに何か言い返そうと思ったけど、今は家族会議のことで頭がいっぱいだ。

ジョーはレシピ登録の後、ルーカスにスライムちゃんの作り方を伝授しに行く予定だ。

ルーカスの負担は大きいが、スライムちゃんは九月半ばには店頭に並べたい。

激務だろうが……もう少し耐えてほしい。その分はちゃんと割り増しで給与を支払う予定だ。

菓子店リサは本日定休日なので、ルーカスに休日出勤手当てを約束すると驚かれた。

「初月の売上について、後でミカエルから報告がある。お主のその腑抜けた顔もそれでシャキッとするであろう」

腑抜けって……爺さんの言う通りなんだけどさぁ。考え事をしてる顔なんですよ、これは。

鼻で笑いながらポップコーンを食べる爺さんを眺《なが》める。ポップコーンは行商人の間では今や必需品になりつつある。

長距離でも腐らず、塩をかけるだけで腹持ちがいいことから旅のお供に重宝されているそうだ。

「ポップコーンの食べすぎはお腹を下しますから、気をつけてください」

爺さんの身体がビクッと動く。時すでに遅しだったか……爺さんからポップコーンを取り上げて口に入れる。うわっ辛い！

「こ、これはなんですか！」

「この世で一番辛い唐辛子を混ぜた塩をかけたものだ。美味いであろう？　アクラブ塩という砂の国から仕入れた塩だ。名付けて、アクラブポップコーンである」

紅茶を口に流し込んでも舌が痛い。こっそり舌にヒールをかける。アクラブってサソリのことだよね？　サソリ塩にサソリポップコーン……爺さんの舌は死んでいるんだろうな。

ドアがノックされ、執務室にミカエルさんが入る。すぐに爺さんが食べるアクラブ塩のポップコーンを見て眉を顰《ひそ》めた。ミカエルさんもあのポップコーンの犠牲者なのか。

「ミリー様、リサの初月の売上報告をさせていただきます。良い報告しかないので肩の力を抜いてお聞きください」

第一週の売り上げは、金貨二十枚、小金貨六枚、銀貨九枚と銅貨二枚だった。

最初の週は予約販売などが特に多かったので数字が伸びた。始めの週のような売り上げはないだろうが、期待は膨らむ。

ミカエルさんが初月の売り上げを読み上げる。

「八の月の総売り上げは――」

ふんふん。ん？　あれ……今、売上額が聞こえたんだけど本気でその額で合ってる？　聞き間違い？

「すみません。もう一度、お願いします」

「はい。八の月の総売り上げは金貨八十枚飛んで銀貨五枚と銅貨四枚です。前半には貴族の売上やその噂《うわさ》を聞きつけた他の貴族からの予約があり、後半も非常に良い売上でした。甘味の噂《うわさ》があっという間に広まったかもしれませんね」

淡々と売れ筋などを分析しながら報告を続けるミカエルさんだけど、金貨八十枚って。

金貨一枚が前世の百万円相当だから、八千万くらいってこと？　巨額すぎて怖い。金貨二十枚でもビビっていたのに……急に恐ろしい額のお金が手元に入るのは正直怖い。

原価を見れば、砂糖が金同然の値段だが他の素材が安い。

それでも全体で考えると原価率は四十パーセントほどだ。粗利は六十パーセント近くになる。

そこからギルドの取り分が総売り上げの二十パーセント、金貨約十六枚ほど。

残った金貨約三十二枚から従業員の給料、家賃やらの経費を差し引いても単純計算でペーパーダミー商会に残る額は結構いってるよね。

一ヶ月で初期投資額を取り戻した計算になるけど……計算、合ってる？　もちろんこれが毎月続くとは思っていないけど、従業員を搾取しすぎじゃない？

利益が天井を突き破る勢いなのはいいけど、そうなるとリサの従業員が心配だ。

給与が一番高いのがルーカスで、小金貨一枚。つまり日本円で大体十万円……

それが、この国の統括料理長の普通だという。そりゃ貧富の差が激しくなるよ。

お金はグルグル回そう！　みんなで砂糖を買えば、きっと安くなっていくって！

ミカエルさんにそう提案するとすぐに首を横に振られる。

「給与上げは、まだダメです」

「ぐっ。なぜですか？」

「ミリー様。急に従業員を高待遇にするのは悪手《あくしゅ》です。給与は徐々に上げるべきです。それに今後問題が発生した場合、今度はそれに伴《ともな》い給与が下がるようなことがあれば不満が募ります。せめて来年まで待ちましょう」

「それなら、ボーナスはどうですか？」

ミカエルさんにボーナスの説明をする。

少しアレンジしたやり方だけど……年一回か二回、一定水準以上の利益が出た場合に賞与として個人個人を評価し、従業員へ還元する。

ミカエルさんは首を傾《かし》げ爺さんが不満そうな顔だったけど折れてくれる。

「ミリー様のお店です。ボーナス制度は、理解し難いですが……ご希望ならこちらは従います」

「それなら、最初の一年だけボーナス制度を試してみるのはどうですか？」

「分かりました。評価の基準など詳しい取り決めは後ほどお話させていただきます」

悩んでいた気持ちがいつの間にか晴れる。何を考えていたっけ？　あー、そうそう。ジョーとマリッサにどうやって隠し事を打ち明けるかの話だ。

ジョーたちには何から伝えればいいのだろう。

(転生の話？)

いや、そんなの自分だってよく知らないし、説明なんかできない。

その話は誰も知らなくていいや。

錚々たるレシピの理由も前世の話だ。これも説明できないからいいや。

生まれ……これも別にいいや。

となると、やっぱりガレルさんにもバレてしまった私の力、魔力や魔法の話をしよう。

売上のこともあるし、家族会議だ。

「報告は以上です。私はこの後に別件がありますが、ミリー様、以前お話ししたリサの絵のことは考えていただけましたか？」

「あ、絵ですね。大丈夫ですよ」

リサの壁がシンプルすぎてミカエルさんに絵を描いてみないかとお願いされていた。絵を描くのは好きなのである程度の締切を決めるとミカエルさんは執務室を退出した。

リサに飾《かざ》る絵をスケッチしたり、爺さんの仕事姿をボーッと眺《なが》めてたりしていたらいつの間にか夕方前になりジョーが執務室へとやってきた。

「お父さん、お疲れ様。スライムちゃんは大丈夫そう？」

「ああ。ルーカスは飲み込みが早い。今日の一回で十分覚えただろ」

爺さんが私と話すジョーにサソリポップコーンをやや無理やり勧《すす》める。

「美味いから食ってみろ」

「スライムちゃんでお腹がいっぱいで……申し訳ないです」

「ふむ、そうか」

本能で危険を察知したのかジョーが爺さんの激辛味覚仲間勧誘を断っていた。

王都の人は辛いのとか嫌いな人が多いって聞いていたんだけど……爺さんだけは一味違うということ？　さすが商人なのかもしれない。

追加していた激辛ポップコーンが皿からなくなって悲しそうな顔をする爺さんを呆《あき》れた顔で見る。

爺さん、そのうちまたお腹痛くなるから今日はやめておいたほうがいいよ。

「食べすぎですよ」

「お主には言われたくないわい」

爺さんに別れの挨拶をして商業ギルドを後にすると、ジョーと手を繋《つな》ぎながらのんびりと乗合馬車の場所まで向かう。

「お父さん。今日、初月の売上報告だったの」

「おう。そうか。俺も猫亭の初月売上を思い出すな。猫亭はギリギリだったがな。今夜は祝杯を上げないとだな」

ジョーが目を細めながら言う。

猫亭の初月の売上の報告の日にジョーとマリッサが祝杯を上げていたのは覚えている。赤ん坊だったのですぐに寝落ちしたんだけどね。ジョーの手をグッと強く握る。

「あのね、お父さん。それとは別で報告をしたいことがあるんだけど……今夜、お母さんも一緒に聞いてほしいんだ」

「ん？　おう。分かった。久しぶりの家族会議だな」

ジョーに頭をヨシヨシされる。

帰りの乗り合い馬車では私が作詞作曲をした『森からスライムがひょっこり』を歌って帰った。

ジョーには、ひょっこりスライムソングはほどほどにしとけと言われた。

◆

家族会議は今夜、ジョーの猫亭でのディナーの仕事の後になった。夕方からすでに緊張が高まる。

暗い中、ライトも灯さずにジョーの帰りをウロウロしながらリビングで待つ。なんだか緊張からか手汗が凄《すご》い。

ジョーが戻っても立ったままでいる私に二人が首を傾《かし》げる。

「ミリー、どうしたの？」

「ミリーが言っていたやつをお祝いで作ったぞ」

「うん……今行くね」

テーブルに着くとマリッサからお祝いに貝を刺繍したハンカチをもらい、ジョーからはフルーツ飴《あめ》をもらう。

とりあえず、二人に菓子店リサの売り上げを詳細の書いてある資料を見せながら報告する。

「そんな数字聞いたことない。ミリー、凄《すご》いぞ」

「一週間の売上報告も凄《すご》かったものね。初月の売上は伸びると思っていたけど……凄《すご》いわね。今日は盛大にお祝いをしましょうね！」

二人は一ヶ月だけの営業で投資分の額が戻ってきたことにとても驚いていたが、心から店の成功を祝福してくれた。　ジョーとマリッサは果実酒、私とジークは果実水で乾杯をする。

「さすがミリーだな。だが、舞い上がり過ぎていらないことはするなよ。警戒心は強く持て。特に男に対してはだ。男はゴブリンだと思え。俺はそれだけが心配だ」

マリッサがジョーに呆《あき》れたように笑う。

「今はミリーのお店の話よ。でもジョーが言いたいのは、上手くいっている時ほど、どこに落とし穴があるか分からないってことよ」

そう注意されると、今から話そうとしている魔法のことを言いにくくなる。

二人にこれから伝える話はきっと……ウルトラブラックホールな話だから。

カリカリとフルーツ飴《あめ》を食べる。ああ。至福。ジョー、これ奮発したんじゃない？　大粒のブドウが入ってるよ！　ジークも飴《あめ》の付いていないブドウを頬張りニコニコしている。美味しいよね！

「お！　そういえば、別の報告もあるって言っていたな。なんだ？」

「あー、うん。今から見せたいことがあるんだけど……何を見ても驚かないでほしいの」

ついにこの時が来たか。

大丈夫――

「ミリーにはいつも驚かされてるから、大抵のことではもう驚かないわよ」

「驚かないでね……本当にだよ？」

ジョーとマリッサが顔を見合わせてからこちらを真剣に見る。生唾を飲む。

美味しいフルーツ飴《あめ》で満たされていたはずの口の中はなぜかカラカラな状態になっていた。大丈夫、なるようになれ！

水魔法で球体を出す。ジョーたちは私の属性が水魔法使いのみと思っているので特に驚いている様子はない。

水の球体をゆっくり増やしていく。
二、三、四、五、六……二十個出したところで、ジョーがガタッと椅子から立ち上がり言葉を発する。
「おい！　なんだこれ！」

「ジョー、落ち着きなさい」

声を裏返しながら驚くジョーとは対照的に、マリッサは落ち着いた様子でジョーを宥《なだ》める。

マリッサは驚くどころか微笑《ほほえ》んでいる。

水の球体を全て消す。ジョーは、今起きたことにまだ思考が追いつかないようで、困惑した表情だ。お産の時みたいに倒れないことを願うばかりだ。

マリッサが優しく尋ねる。

「ミリーは、これを伝えたかったの？」

「うん。でも、まだ続きがあるの……」

マリッサをチラ見すると、大丈夫だと優しく包み込むように背中を押してくれる。

実際の精神年齢はマリッサより高いけど、母の愛はホッとする。

じゃあ、次のお披露目をするか。

土魔法で鳥を出し翼に軽く火魔法で青い炎を纏わせると、氷魔法で出した土台に砂魔法で城を作り、鳥を城の上に風魔法で飛ばした。

チラリと二人を見れば、マリッサは口元に手を置きながら目を丸くし、ジョーは目が点になっていた。

これには二人とも言葉が出ないようだ。

少ししてマリッサが絞り出すように言う。

「ミ、ミリーの魔力が実は高いということはなんとなく気づいていたわ。あんな短時間に綺麗な掃除なんか普通はできないのよ。でも、まさかこんなにたくさんの属性を持っているなんて……」

マリッサ曰く、マリッサが風魔法を学んだ学園の師も魔力量が高く、一度に数個の魔法を操っていたそうだ。

なので、マリッサは魔力の高い魔法使いに慣れていた。

対してジョーの火魔法は重宝されない属性だったので学園でも師がおらず、魔法学科の授業はほとんど取らなかったそうだ。だから今、生まれて初めて一度に数個の魔法が操られているのを見たのだという。

急にジョーが興味津々に鳥の翼を観察し始めた。今にも眉毛が焼けそうな近さだ。

「お父さん、危ないよ」

「ミリー、なんでこの炎は青いんだ？」

「え？　えーと、より空気を取り入れた高い温度だからだよ。温度が変わると炎の色も変わるんだよ。ほら、赤、黄、白、青」

「そうか……」

火魔法でいろんな色の炎を出したら、ジョーが黙ってしまった。失敗したかな……

数分沈黙が続き、ジョーの眉間の皺《しわ》がどんどん深くなる。沈黙が長い……とても長い。

「なぁ、ミリー」

「う、うん？」

ジョーの次の言葉が何か想像もつかない。なんて言われるんだろう。ジョーが溜めながら言葉を選ぶ。早く、早く言って！

「この青い炎は俺でも出せるのか？」

的外れな質問にガクッと拍子抜けする。さっきまでの溜めはなんだったんだ！

「れ、練習すればできると思うよ」

「おう、そうか。青い炎、いいな。これは――」

「ジョー」

マリッサの軽い肘《ひじ》打ちを受けて、ジョーが咳払いをしながら本題に戻る。

「俺は正直な……何がどうなっているかよく分からん。でも、分かるのはやっぱりミリーは特別ってことだな」

ニカッと笑うジョーはいつもの笑顔だ。ジョーの中できっと疑問がたくさんあると思う。それでも理解してくれようとしているのは凄《すご》く伝わる。

「ありがとう。お父さん」

「そうだよな！　考えてみれば氷室《ひむろ》の氷の減りが遅かった。それに最近の食堂は夏なのに涼しくて、冬は暖かかった。あれもミリーだったのか？」

「うん。そうだよ」

「あー、それから高い場所に隠した菓子の箱をいつも見つけやがって！　あれは、風魔法だったのか！　くっ」

「砂糖はまだ見つけてないけどね」

「さすがの魔法でも無理だったか」

ジョーが大声で笑う。砂糖の隠し場所を教える予定はないらしい。一体、どこに隠しているんだ！

談笑する私とジョーとは対照的に、マリッサは顔に憂色を浮かべ尋ねる。

「今まで魔法のことを隠してたのに、どうして私たちに伝えることにしたの？」

二人にラジェの耳を治したこと、力がガレルさんにバレたこと、ある程度の事情が爺さんにも知られてしまったこと、それからミカエルさんとは魔法のことを秘密にするよう契約まで交わしたことを説明した。

「そう……白魔法まで使えるのね。ジョー、不安だわ。白魔法使いは少ない上に教会で囲われる場合が多いのよ。魔力も高いなら、悪い貴族に気づかれでもしたら……。それに、髪の色のことも気がかりだわ……」

マリッサは髪の色から私がやんごとなき貴族の落胤《らくいん》だと確信している。

ナーザスという商家の生まれだとは言えない。赤ん坊の記憶があるとか、また説明がややこしいし。

でも、ナーザスの生まれなら、私の元の髪色は本当、誰に似たのだろうか……覚えている限り、顔立ちは商家の両親よりもマリッサとのほうが似ているくらいだ。

「マリッサ。心配しても何も変わらない。ミリーは今まで上手く隠してきたんだ。だが……もしもの時のために後ろ盾がいるな。だが、貴族か……」

「お義父さんかしら？」

「ダメだ。いや、俺と親父の絶縁の話がなくとも、親父は貴族階級では一番下のエードラーだ。確かに魔道具で金と名声はあるが地位は弱い。それならエンリケさんの方が権力を持っている」

猫亭によく来る男爵は知ってるけど、うーん。願い事は鳥で使っちゃったしな。

王太子も知っているけど、いきなり頼み事だけするなんて失礼だよね。

世の中、ギブアンドテイクだ。それにレオさんにお願い事をするなら、まずはチョコレートだ。

魔法がバレるとかの問題は今のところまだない……はずだ。

「学園の頃の貴族の知り合いなんて何年も疎遠だし、信用もできないわ。やはりお祖父さまに相談しましょう」

「そうだな。ラジェとガレルなら誰にも言わないだろうから大丈夫だ。だがミリー、これから魔法を使う時は、今よりももっと気をつけろよ」

「分かった。気をつける」

胃をキリキリさせながら挑んだ家族会議は案外あっさりと終了した。

これなら、さっさと言えばよかったかな？

ううん。今だからよかったんだ。そう思うことにする。

ジョーとマリッサはいつもと変わらない眼差しで私を見ている。いや、ジョーのあのキラキラの眼差しは何？

「お父さん、何か他に言いたいことがあるの？」

「おう。青色の炎の出し方を教えてくれ」

青色の火魔法のコツを教えると、ジョーは早速練習を始めた。

マリッサはしばらく練習風景を眺《なが》めていたが、うとうとしていたジークを寝かしつけに部屋に戻った。

ジョーはすぐにコツを掴《つか》み、青色の炎はまだ出せないが黄色の炎を出し子供のように喜んだ。

「どうだ、ミリー！　黄色い火が出せたぞ。見てみろ」

「はは……お父さん凄《すご》い凄《すご》い」

ジークを寝かしつけ戻ってきたマリッサに早く寝ろとジョーともども少し叱られる。

「ジョー、魔力切れを起こしているの？　顔色が悪いわよ。ミリーも飴《あめ》はほどほどにしなさい。残りは明日でいいでしょう？」

実は緊張でフルーツ飴《あめ》はあまり食べられていなかった。マリッサに回収される前にガリガリとフルーツ飴《あめ》を口に入れる。大丈夫。クリーンで歯磨きするから。

「ミリー……残りは明日食べなさい」

「はーい」

返事をしながら部屋に入り、こっそり隠し持ってきたフルーツ飴《あめ》を頬張ると魔力消費のためのショーを開催する。フルーツ飴《あめ》にちなんで、今日のお題は南国の園だ。

まずは土魔法で南国の島を作る。

島の周りは水魔法で出した海で囲み、土魔法でヤシの木を生やす。黙々とハワイの民謡のアロハオエを口ずさみながら作業をする、といってもサビしか歌えないけど。

アロハオエは確かハワイの最後の女王が作った曲で、さよならって意味もある別れの歌だと聞いたことがあった。なんでこう心に染みるのだろう。聞いているとしんみりとする。

土魔法で魚やイルカを作る。

「今日は海亀も作っちゃおう！」

砂魔法で白い砂浜を作ってから、海辺に砂の城を建てる。土魔法で作ったパラソルチェアを出し、パイナップルとハイビスカスを並べたら海亀に乗って水の上を移動する。

「今日は超大作だね」

気づいたら部屋がいっぱいの南国になっていた。サングラスさえあれば完璧なのに……土魔法で作ったサングラスは視界を遮断《しゃだん》しただけだった。

海亀からココナッツの船に乗り換え、今日の家族会議について考える。

ジョー、マリッサ、ジーク……現世の家族にも恵まれて、私は幸せだな。

転生前の家族も好きだった。懐かしくて、少し記憶が曖昧でも会いたいという気持ちは今でもある。

この感情がミリーのものか寺崎美里亜《てらさきみりあ》のものなのか分からないけど、自然と頬に涙が伝わった。

アロハオエ　また会う日まで

感傷に浸《ひた》りながら、ゆっくりと瞳《まぶた》を閉じた。

家族会議、その後

ジョーとマリッサに隠し事を打ち明けてから一週間、私の生活はガラリと――いや、一切変わっていない。驚くほどいつも通りでなんだか拍子抜けだ。

変わったことといえばジョーはどうにかして青い炎を出したいらしく、夜な夜なリビングで一人特訓している。

汗を流しながらオークカツを揚げるジョーに冷風を送る。

「お？　これ、ミリーか？」

「うん。暑そうだったから」

「あー、涼しいな。お礼にミリーの賄《まかな》いのオークはデカいのにしてやるよ」

「本当？　やったね！」

お昼のオークカツを食べ、マリッサの手伝いをする。今日は六部屋もチェックアウトがあるという。

掃除する最初の部屋に入り、自重なしのクリーンをかけまくる。

「結構汚かったな」

掃除を終了するとマリッサが、掃除された部屋を覗《のぞ》き言う。

「やっぱり凄《すご》いわね。でも、ドアに鍵がかかってなかったわよ。気をつけてね」

「うん。気をつける」

気は抜いていない。クリーンをかけている間は黒魔法で部屋を囲み、外からは何も見えないし聞こえないようにしていた。

マリッサの手伝いを済ませると、出かけようとしているガレルさんに会う。

「教会ですか？」

「ああ、今日は草刈り、する」

ガレルさんはラジェの耳が治ったと知った後も、教会でのボランティア活動を続けているらしい。ラジェが助けられた分、自分も誰かを助けたいそうだ。私なんかよりよっぽど称えられる人物だと思う。

「気をつけて行ってきてください」

「ミリー嬢ちゃん、ありがとう」

ガレルさんを見送ると部屋に戻り、ミカエルさんから依頼を受けていた菓子店リサに飾《かざ》る用の絵の制作に取りかかる。

ミカエルさんが準備してくれた、三つのキャンバスと向き合う。キャンバスはＡ２サイズくらいで子供の身体からは大きく感じる。

直接壁に絵を描こうとも思ったけど、それだと夜な夜なこっそり菓子店リサで作業することになるのでキャンバスに描くことになった。

ミカエルさんは失敗してもいいようにキャンバスを三つくれたんだろうけど、これ一つだけだとなんだか寂しいので三つ全てに絵を描くことにした。

今回も鉛筆で描く。絵具も準備できるとミカエルさんは言ったけど、どうやら粉状のものらしい。自分で粉と油を調合して作らないといけないらしく、物凄《すご》く高い。

正直、迷ったけど絵具は毒性がないとは言い切れないし、家にはジークがいる。口に入れてしまったら大変だしきっと臭いもすると思うので今回絵具は見送りだ。

「よし、描くか！」

一枚目は決まっている。マカロンだ。

皿に載った二つの重なるマカロン、それから後ろに見えるティーカップを描く。集中すること数時間、絵が完成する。

「うーん。悪くないと思うけど……」

ジョーとマリッサに見せるとべた褒め攻撃を受けた。

「やっぱりミリーは天才だな！」

「本当、素晴らしいわ」

素直に嬉しいけど……若干、娘贔屓《びいき》で褒められている気がしたので爺さんとミカエルさんにも見せて確認をとる。

「ミリー様。これはとても菓子店と合う絵ですね」

「うむ、まぁまぁであるな」

爺さんありがとう。そう、悪くないけど良くもない。

「描き直します」

それから数日部屋にこもり絵を完成させる。

「で、できた！」

新しい絵は女性が一人菓子店リサでマカロンと紅茶を嬉しそうに食べているワンシーンだ。絵の女性はなんとなくマリッサに似てしまったけど……

後日、爺さんに見せると超絶べた褒めだったんだけど、それって女性がマリッサに似てるからじゃないよね？

絵は一番目立つ壁に飾《かざ》られ、一際注目を浴びているらしい。

でも、署名されたMiria Tearazakiという画家の名前は誰にも読むことができず、菓子店の客はそのミステリアスな画家の正体を憶測しながらお菓子を食べることを楽しんでいるとミカエルさんが報告してくれた。

署名は、マリッサが気に入っているので変える予定はない。

最初のマカロンとティーカップの絵はジョーとマリッサが自分たちの部屋に飾《かざ》ってくれている。

飾《かざ》られた自分の絵を眺《なが》めていると、ジョーが隣に立ち言う。

「ミリー、これは大先生の素晴らしい絵だぞ」

「もう、そんなに褒めなくていいよー」

テクテクとやってきたジークをジョーが抱え、絵を指差しながら言う。

「なぁ、ジークもねぇねの絵が好きだろ」

「ねぇねのえ、ちゅき！」

ジークに褒められ溶けそうになる。

「三人とも何しているの？　プラネタリウムの準備ができたわよ」

マリッサに呼ばれ、みんなでベッドに仰向けになる。

最近みんなが忙しくて家族でゆっくりする時間が取れていなかったので、今日は猫亭のディナーはお休みにして家族タイムを満喫している。

マリッサがプラネタリウムにライトを灯すと、壁や天井にたくさんの星が映し出された。

プラネタリウム初体験のジョーがジークとともに声を上げる。

「おお、これは凄《すご》いな。ミリー、よくこんなの思いついたな」

「これもできるよ」

影絵で天井に猫を作る。

「ねこさん！」

「俺もそれだったらできるな」

ジョーも影絵にチャレンジするがユニコーンみたいなのができる。見ればなぜか真ん中の指が立っていた。マリッサも影絵猫に挑戦する。

「猫はお母さんのほうが可愛くできたね」

「簡単なようで結構難しいわね」

次に蝶々やウサギなどの影絵を三人でやっていたらジークの寝息が聞こえた。

「あら、寝ちゃったみたいね」

「ほんとだ」

「幸せそうに寝てんな」

ジョー、マリッサと顔を合わせ小さく笑うと、プラネタリウムから漏れる光で見えるジークの天使の寝顔をしばらく三人で眺《なが》めた。


その日は、ジョーとマリッサの手を握りながら眠りについた。

番外編　光るカエル

今日は久しぶりに家族揃《そろ》ってお出かけだ。

朝食の手伝いを終えた後に部屋へ戻り、マリッサがサイズ調整してくれたつぎはぎの少ないワンピースを着る。

自分の身体を見ながら思う——子供の成長って早いなぁ。

私もだけどジーク、マルク、ラジェの服がすぐに小さくなっていく。いつもサイズの調整をしてくれるマリッサには感謝だ。子供の普段着を購入できる店は少ない。お金も稼ぎ始めたし、マリッサの負担を省くために普段着を購入しようかとも思ったけど……子供たちの繕《つくろ》い物を楽しそうにしているマリッサを見てその件はとりあえず保留にしている。正直、私もマリッサが作ってくれる服が好きだし。ワンピースの猫の刺繍《ししゅう》を触りながら呟く。

「今日も猫が可愛い」

さてと、今のうちに朝一番に届いたミカエルさんから手紙を読む。内容は菓子店リサについてだ。

(うんうん。とくに問題もなく順調そうだ)

ミカエルさんの連絡事項はとにかく丁寧だ。私がお店を訪問していない数日の菓子店リサの売り上げや様子を細かく報告してくれている。ミカエルさん曰く、始めの三か月はオーナーと特に細かく連絡を取るのが当然らしい。

ここ数日は今までの忙しさが嘘かのように時間に余裕ができて手持ち無沙汰になっている。やることがないので猫亭にクリーンをかけまくったので猫亭が今までにないほどピカピカだ。

(ちょっとやりすぎたかも)

準備も終わったので出かけるまでリビングで待っていると、いつもより綺麗な服に着替えたマリッサが部屋から出てくる。

「ミリー、準備はできたの？」

「うん。ジークの着替えは終わったの？」

「ええ、見て。昨日仕上げた服なの」

ジークがリビングにテケテケと歩いてくると、渋めのオレンジ色のオーバーオール姿だった。

「ねぇね！」

「わぁ、凄《すご》く可愛い！」

フサフサの頭にオーバーオール、猫亭の小人さんだ。もう、これは猫亭の妖精認定だね。

ジークも褒められて嬉しいのか鼻をヒクヒクさせながら胸を張る。

あー、もう我が弟ながら可愛すぎる！

「ジョーはもう少しだけ準備に時間がかかるみたいだから、先に一階に下りて待っていましょう」

マリッサが嬉しそうに言う。私もお出かけは楽しみだけど、マリッサのほうがワクワクしている感じがする。

それもそのはず、このお出かけを提案したのはマリッサだった。最近、家族全員で一緒に過ごす時間が減っていることを残念に思っていたマリッサの提案で中央街に近い東区の、池に家族でピクニックに行くことになったのだ。

その池にはジークがまだ歩くことができない頃に訪れたことがあった。周囲は木花に囲まれ、池には橋がかけてあるし、座れるベンチとかもあったはず。広くはないが公園みたいなところだ。場所にはちゃんと正式名称があるらしいけど、池は求愛の池と呼ばれている。時期にはカエルの求愛歌の大合唱で有名らしい。

猫亭からだと少し距離があるのもだが……実は小銅貨五枚の入場料があるので日常的に通うことはない。けど、綺麗な場所だった記憶はある。

秋前のこの時期は特にカエルが多く発生しているらしい。そういえば先日家の前にカエルが現れて危うくジークが口に入れるところだった。距離的にあの池のカエルではないと思うけど、結構立派なカエルだった。

「ジーク、カエルさんは口にいれちゃダメだからね」

「カエルさん！　カエルさん！」

一応注意するが、ジークにそれが伝わったのか少し微妙だ。ジークはたくさんのカエルさんに会えることを昨日から楽しみにしていた。

「三人とも待たせたな」

ジョーも少しだけいつもよりも綺麗な格好で階段から下りてきた。手には大きなカゴを持っている。カゴをジーと見るとジョーが笑う。

「食いしん坊だな」

「お父さん、何を作ったの？」

「池でのお楽しみだ」

ちょっとカゴから見えたのはバゲットらしきもの。楽しみだ。

ジョーは今日の猫亭のランチの営業をお休みにしているが、ディナーの仕込みまでには戻らないといけないためピクニックは数時間の予定をしている。

猫亭を後に池方面に向かう乗り合いまで歩いて向かう。

乗り合い馬車の停留所はいつもよりずいぶん賑《にぎ》わっているように思う。特に池方面に向かう馬車は次々と埋まる。

あの池……こんなに人気だったかな？

「マリッサたちはここで待っていてくれ」

ジョーがカゴを置き、池までの馬車を探しに行く。そーっとカゴを確認しようとしたらマリッサに止められる。

「お父さんの楽しみを取ったらだめよ」

「はーい」

ジョーが何を作ったのか気になるけど、後の楽しみに取っておこう。

マリッサが忙しく行き交う辺りを見回しながら言う。

「やっぱり光るカエルの噂《うわさ》のせいで、池に向かう人が多いのかしら」

「え？　光るカエルがいるの？」

「そうみたいよ。近所の奥さんが、それを見た人は幸せになれるって言っていたのよ」

光るカエルの話しは初めて耳にする。うーん、光るって発光しているの？　だとしたら蛍みたいに光るの？　もしかしたら金色や銀色なのだろうか？　それは、ちょっとだけ気になる。

光るカエルの噂《うわさ》が流れ始めたのは去年からでその噂《うわさ》が広まったのは最近だという。マリッサが言うには、話自体は以前からたまにあったらしい。でも、最近になって『幸せになれる』という要素が追加された。噂《うわさ》が広がったきっかけはとある貧民街に住む女の子が、光るカエルを追いかけて池に落ちたところ、通りすがりの貴族に助けられそのままその貴族の養子になった。という、シンデレラストーリーのような出来事からだという。

その話の信憑性《しんぴょうせい》は疑わしい……そう思いながら続きに耳を傾ければマリッサの方も噂《うわさ》はそこまで信じていないようだった。

「幸せの光るカエルが本当にいたらいいけど、お母さんこれ以上幸せになっても困っちゃうかも」

「願い事が叶う光るカエルだったらいいな」

「そうだったら、ミリーは何をお願いするの？」

「うーん。お砂糖が出る魔法かな？」

「そんなことになったら、もうミリーからお砂糖を隠せなくなってしまうわね」

マリッサが笑いながら言う。

砂糖は私の原動力だけど、本当に願い事が叶うのなら家族の幸せと健康を願うけどね。ちょっとだけ恥ずかしいので……そのことはマリッサには言わない。

「お母さんだったら何を願うの？」

「ミリーとジークがスクスク健康に成長しますように、かしら」

「お母さん自身のお願い事だよ。何か欲しい物とかないの？」

「そうねぇ……最近、刺繍《ししゅう》の道具が古くなってきたから、それかしら？」

とても現実的なお願い事だ。でも、それならジョーと相談してマリッサの願い事を叶えられそうだ。ジークにお願い事を尋ねるとカエルさんと空を飛ぶことだと言う。それも叶えられてあげられそう……

ジョーを待つ間、先ほどの幸せになれるという噂《うわさ》を考えるが……やっぱりただの噂《うわさ》だとしか思えない。

まず、貧民街に住む女の子が入場料の小銅貨五枚を払って池を見に行くのかが疑問だ。小銅貨五枚あればリンゴが買える。私だったら池に行くのではなくリンゴを買う。

それに、貴族にもいろいろいるのだろうけど……今までの経験や聞こえてきた話から貴族にはお金と見栄《みえ》が好きな人が多いように感じる。ザックさんやウィルさん、それに変態騎士のように話の分かる貴族もいることは理解しているけどね。

（あれ？　変態騎士は話を分かってくれる人なのかな？）

ううん。でも、変態騎士も平民への態度は横暴ではないという点でいい貴族の部類に入る……と思う。

一方で、いつかの使用人を叩くフィット男爵やそれを馬車から見てもまるで通り道の邪魔だと払う貴族もいる。どちらかというと平民とは関わりを持たない貴族のほうが多いかもしれないと思っている。ジョーのお母さんのステファニーさんは……別枠だ。実はマリーのような態度のほうがスタンダードなのかもしれない。

まぁ、そんなお貴族様が池に落ちた貧民街の子を汚れることを厭《いと》わずに助け、ましてやそのまま養子にするのはちょっと大げさに噂《うわさ》が独り歩きしているように思う。あくまでも私の貴族への偏見で言っているのだけれど……

「光るカエルがいるといいわね」

黙っていた私の顔を覗《のぞ》きながらマリッサがウインクをする。

「うん。本当にいるのなら、ピカピカと光るのは見たいかな」

「カエルさんピカピカ？」

「あ、違う――」

「ピカピカカエルさん！」

しまった。ジークがピカピカのカエルさんに会えると喜んでキャキャしてしまった。どうにか誤魔化そうとしたが、丁度乗り合いを見つけたジョーが馬車の近くから手を振りながら声をかける。

「こっちだ。もう、出るぞ～」

ジークを抱えたマリッサと急いで馬車まで走る。

ギリギリで乗った馬車の中で息を整えながら、正面に座るジョーとマリッサの顔を凝視《ぎょうし》する。

先程の養子の話……二人のような人もいるから、もしかして本当にその貧民街の子は貴族に養子として迎え入れられて幸せに暮らしているのかもしれない。それなら光るカエルを見つければ幸せになるという話はとてもいい話のように思えてきた。

池に到着、入り口で入場料を払い中へ入る。

早速カエル一号が葉っぱにとまっているのを発見する。

「ジーク、念願のカエルさんがいるよ」

「ジークの！」

「ジークのじゃないよ。見るだけだよ」

ジークの大声に驚いたのか、カエルが早々に立ち去っていくのを二人で眺《なが》めていると、ジークが手を振る。

「カエルさん、バイバイ」

池の周辺に向かうと、そこは覚えていた通りにたくさんの木花が咲いており綺麗ではあるけれど……

「人が多いね」

「そうねぇ。座る場所があるかしら」

池の周りはたくさんの人で賑《にぎ》わっていた。橋の上なんかは人で埋め尽くされていてちょっと危ないな。池自体は人が多くてよく見えないけど、虫取り網《あみ》を持った人たちが何人かいて、光るカエルを探している。カエルを捕まえる気なの？　なんだか光るカエルが可哀想になってきた。

池を見ようと背伸びする私にジョーが声をかける。

「ミリー、肩車をするか？」

「お父さんの腰が心配」

「おーい！　俺はそんな軟弱じゃないぞ。ミリーが成人しても肩車できるくらい鍛《きた》えてるぞ」

ジョーが腕の筋肉を見せながら言うとヒョイと抱えられ、肩車をされる。

「わぁ！」

「どうだ？　池は見えるか？」

「うん。よく見えるよ」

ジョーの肩車から見えた池は太陽の光が反射してキラキラしていた。この位置からはカエルが多いかどうかよく分からない。

そういえば、マリッサはカエルが苦手なんじゃなかったかな？　以前ラジェが砂と水魔法で作ったカエルに驚きながら飛び上がっていた。

「お母さん、カエルは大丈夫なの？」

「家の中にいなければ……何も問題はないのよ」

マリッサは微笑《ほほえ》んでいるが目が笑っていない。

池の周りを少し歩くとジークがジョーの肩車をねだったので交代するために下りる。肩車から降りる寸前に、ダメージを受けただろうジョーの腰にヒールをこっそりかける。

ジョーが腰の異変に気づき耳打ちをする。

「魔法か？」

「うん」

「助かるが……ミリー、人がいる場所では気をつけろよ」

「こっそりだから、誰も気づいていないよ」

ジョーが辺りを見回し誰も注目していないのに頷《うなず》きながらニカッと笑うとジークを肩車する。

「ほら、ジークも池が見えるか？」

光の反射する池を指差しながらジークが言う。

「ピカピカカエルさん！」

「ピカピカカエルさん？　なんだそれ？」

マリッサが光るカエルの噂《うわさ》を教えるとジョーは首を傾《かし》げた。貴族の下り辺りで眉間に皺《しわ》を寄せていたので、ジョーもただの噂《うわさ》話だと思ったのだろう。マリッサに相槌だけ打ちながらジョーは話を聞いていた。

「お父さんは光るカエルは気にならないの？　面白そうなのに」

「光る虫は見たことあるぞ」

「え？　本当？」

「以前、子供の頃に親父たちと行った湖にいたな」

聞けば、ジョーが見たのはどうやら蛍のようだ。この国にも蛍がいるんだ……いいな、私も蛍が見たい。

「ピカピカ！」

肩車されたジークが何度も言う。どうやら今度のジークのマイブームは『ピカピカ』かもしれない。今度、土魔法と豆電球で蛍を再現してみようかな。

一時間ほど歩いたらお腹が凄《すご》い音を立て鳴った。

「ミリーの小さなお腹のどこからそんな音が鳴るのかしらね？」

ジョーとマリッサが笑う。

「よし、それじゃ昼にするか。俺も腹が空いた」

「わーい！　楽しみ！」

ジョーが芝生になっている場所にブランケットを広げると、すぐにジークと駆け込みゴロンと仰向けになって寝ころんだ。

「おいおい、お邪魔虫が一匹いると食べ物が出せないだろ？」

ジョーが冗談交じりでいうと、ジークと一緒に両手足を広げジョーの邪魔をする。

「お邪魔虫のミリーとジークです」

「そんなことやってるとジョーと二人でランチを全部食べちゃうわよ！」

「それはヤダ！」

すぐに立ち上がりジークを抱っこする。

ジョーがカゴの布を取ると中からはピクニックセットが出てきた。

「わー、盛りだくさんだね！」

バゲットはすでに見ていたけど野菜にハム、一口サイズのキッシュにファラフェル、それから小さいパイなど本当にたくさんの食べ物をジョーが準備してくれた。全部美味しそうだ。

カゴの奥を見れば瓶《びん》が入っていた。なんだろうこの瓶《びん》。

「お父さん、この瓶《びん》は何？」

「バゲットにつけるブルスケッタ用のソースとこっちがレモンに木苺のソースだ。二つはデザート用だ」

デザートもあるのか！　至れり尽くせりだ。

「どれから食べるか迷っちゃう」

「ミリー、このパイから食ってみろ」

ジョーに渡されたパイを食べる。美味しいけど、ミートパイだよね？　ジョーが意味深な表情で渡してきたけど……

「ん？　あ、これ！」

「中心に到着したか？」

パイを食べ進むと中心に卵が入っていた。おお、これスコッチエッグ風パイだ。凄《すご》い。

「お父さん！　卵が入ってるよ！」

「美味いか？」

「うん！」

周りを見れば、うちの豪華なピクニックランチが大注目されていた。

こういう時はチラチラ見られるのも悪い気はしない。ジョーの料理をもっと見て！　鼻をヒクヒクさせ胸を張ると咳《せ》き込みながら咽《むせ》てしまう。

「ミリー、ゆっくり食べなさい」

「えへへ」

デザートのレモンと木苺のソースを塗《ぬ》ったバゲットを平らげると、先ほどよりすこしだけ人が引いた池を見に行く。

「お母さん、お父さん、あのベンチが空いたよ」

丁度空いたベンチに四人で座り、池を眺《なが》める。あー、ほのぼのだ。

こんな日も悪くないとたっぷり日光浴をする。ジークは食事の後に眠くなるかと思ったけど、全然そんなことはなくベンチの近くで見つけた蝶を目で追っていた。

「ジョー、なんだかこの池の雰囲気は懐かしいわね」

「あー、あの学園の小さな池か？」

「そうそう」

二人が互いを見ながら思い出し笑いをしたので尋ねる。

「なになに？」

「ミリー、凄《すご》いにやけ顔だぞ」

ジョーはマリッサとの思い出話になると極端に照れ屋になる。でも、今日こそは二人の糖分多めな話を聞きたい。

「学園の池でお父さんたちはデートをしたの？」

「マリッサ、女の子とはこんなにもませているのか？」

「きっと気になるお年頃なのよ。ね、ミリー」

「うんうん。凄《すご》く気になるお年頃です」

私が興味津々に言えば、マリッサが二人の思い出話をしてくれる。

当時、二人は昼休みになると昼食を持って学園の敷地内にある小規模の池の前で食べるのが日課だったそうだ。その池の中には大きめの岩があったそうだが、そこに片足だけでジャンプすると恋が叶うと言われていたらしい。

この国も前世もそういう迷信って結構あるよね。

「それで、お父さんは片足で岩にジャンプは成功できたの？」

「マリッサがな。俺は岩には届かず、見事に池に落ちたぞ」

最初に挑戦したジョーはマリッサにカッコつけようと力み過ぎてジャンプ力が足りずに池ポチャしたという。その後、マリッサが二人のために挑んで無事に成功したとジョーがちょっと悔しそうに言う。

「お母さん凄《すご》いね」

「ミリー、ここだけの話しだけどね……お母さん、風魔法使ってちょっとズルをしたのよ」

マリッサがペロッと舌を出しながら私だけに聞こえるように言うと、ジョーが探るように尋ねる。

「あ、なんだぁ。内緒話か？」

「お母さんが凄《すご》いねって話」

「確かにあの時はまるでマリッサが飛んだかのようだったよな」

「どうしても成功させたかったから頑張ったのよ」

二人が見つめ合い自分たちの世界に入る。お邪魔虫たちは退散だね。

「ジークと一緒にカエルさんを探してくるから、二人はここで待ってて」

「遠くに行かずに見える場所にいろよ」

「了解です！」

ビシッと親指を上げるとジョーが呆《あき》れたように笑う。

「とにかく気をつけて遊べ」

「はーい。ジーク、行こう」

ジークの手を引き二人で池の近くまで行けば探さなくともあちこちにカエルがいた。

「ねぇね。カエルさん」

「うんうん。カエルさんだね」

「ねぇね。みじゅの、あれ」

「あれはお魚さんだよ」

池は浅いが結構小魚がいたので驚いた。

ジークと池の小魚たちを観察していたらバシャバシャとすぐ近くから耳障りな音が聞こえてくる。

見れば十二、三歳の少年三人が網《あみ》を何度も池に放ってカエルや小魚を採っては池に投げていた。音のせいでジークと見ていた小魚は全て逃げてしまった。ムムム。

「誰だよ、光るカエルを見つければ金になるって言ったやつは」

「屋敷の坊ちゃんが銀貨一枚で買ってくれるって言ってたんだよ」

他にも何人か見かけた光るカエルハンターか。せっかくジークが小魚を見ていたのに……

魚が全部逃げてしまいしょんぼりしてしまったジークと別の場所へ移動しようとすれば、少年たちが池の水草にいるカエルを網《あみ》に誘導しようとして投げた大きな石がコントロールを失い私たちの方角へと飛んでくる。

「あぶねぇ！」

「おい！　よけろ！」

飛んできた石はすぐそばの池の中に落ちると大きく水を跳ねた。跳ねた水は私が出した風魔法にガードされたけど、大きな音と少年たちの焦った怒鳴り声のせいでジークが泣き出してしまう。

「ねぇね、ねぇね」

泣きながら抱っこをせがむジークを宥《なだ》める。眠かったのもあったのだろうが、一番は少年たちの大声に驚いたのだろう。

少年たちがヘラヘラと笑いながらやってきて言う。

「あー、なんか悪いな。でも当たってないからいいだろ」

大袈裟に泣きやがってとジークに向かって捨て台詞《せりふ》を言うと少年たちは逃げていくように去って

行った。こちらが言い返す前に逃げられた。逃げ足は速い。

確かに石は当たっていないけど、風の壁を出さなければ池の水はかかっていた。

「ミリー、大丈夫か？」

ジークの泣き声に心配そうに駆けつけたジョーとマリッサに大丈夫だと伝える。石が池に落ちて少年たちの大声にジークがびっくりしただけだと二人には伝える。

二人の座っていたベンチを見れば、他の人がすでに座っていた……。ムムム。

マリッサに抱かれジークは泣き止んだが、座っていたベンチは別の人に取られてしまった。

「仕方ないな。橋のほうを歩いて、少し早いが帰るか」

「そうね。でも、その前にジークのオムツを替えるわ」

ここでジークのオムツを替えるにはちょっと人目を引くということで、マリッサは公衆のトイレが設置されている場所へ行くと言う。公衆のトイレなるものはこの国にもある。未だに入ったことないけど汲み取り式だと聞いた。

「ミリーも一緒に行く？」

マリッサにそう尋ねられたが……先程の少年たちを見れば、私とジークにした全く同じことを別の子供たちにもやっていた。

「私、カゴと一緒にここにいる」

「じゃあ、俺はミリーとここに残る」

マリッサとジークと別れ、池の側にある草の上にブランケットを敷きジョーと二人で池を眺《なが》める。

ううん。池を眺《なが》めているのはジョーだけだ。こちらは土魔法でこっそりカエルを製作中なのだ。

大人気ない私はジークを泣かせ暴言を吐いた少年たちに軽い仕返しをしようと企んでいる。

(そんなに光るカエルが見たいなら見せてあげるから)

ジョーは隣で欠伸《あくび》をしながら時折目を瞑《つむ》り眠そうにしている。

今がチャンスだね。ジョーに声をかける。

「お父さん、そのまま横になって少し眠ったら?」

「……そうだなぁ。じゃあ少しだけな」

そう言ってジョーは帽子で顔を隠すとすぐに寝息が聞こえ始めた。

「よし、やるか」

小声でそう言いながら口角を上げ、豆電球入りのカエル一匹を池に放つ。

(おお、水の中も問題ないね)

カエルは土魔法で作ったから心配だったけど、頑丈に何層にも土で固めているから、崩れることなく少年たちの元へと向かって進んで行く。速く泳げるよう、足の水かきは特別に強化しておいた。

あれならば素早く逃げることができる。

今の魔力ならこの位置からでもあの少年たちの場所まで操作が届く。

猛スピードでスイスイとカエルを泳がせ、少年たちの近くでカエルに内蔵した豆電球を光らせ鴨《かも》を釣る。

早速、豆電球カエルに気づいた少年の一人が声を裏返しながら叫ぶ。

「お。おい！　光るカエルがいたぞ！」

「ど、どこだ？　いないじゃねぇか」

気づかれたら豆電球をオフして普通のカエルのように泳がせる。少年たちがあたふたしている様子を見ながら一人ククッと笑う。

再び豆電球をライトオンすると今度はすぐに飛びついてきた少年。池にそのままダイブして全身水浸しになる。お疲れさまでした。

「クソッ、なんで捕まえられないんだよ！」

――魔法でドーピングしたカエルだからです。

別の少年に狙いを定め、カエルを静かに足から頭へと昇らせる。これは意外とコントロールが大変だった。少年が動く度にカエルが見えなくなって結構集中力が削がれたが、無事私のカエルは石を投げたその少年の頭にスタンバイした。

他の二人が目撃できるいいタイミングで頭の上のカエルを光らせる。

一人ガッツポーズを取り言う。

「よし。タイミングは完璧だ」

頭の上で光るカエルを見た他の二人の少年は、ジリジリとそのカエルを頭に乗せた少年に詰め寄る。

何が起きているか分からずに急に詰め寄られた少年は焦った声で尋ねる。

「お前たち、どうしたんだ？」

「お前の頭の上に光るカエルがいんだよ。ジッとしてろって」

「待て、待てって。うわぁあ！」

二人の少年がカエルを目掛け飛びつけば全員が池ポチャをした。

カエルと豆電球を消し、喧嘩を始めた少年たちを残りのバゲットに塗《ぬ》った木苺ソースを食べながら眺《なが》めた。

少しして入場料を徴収《ちょうしゅう》していた係の人たちが騒ぎを嗅《か》ぎつけてやってきて少年三人は回収されていった。ジークを泣かせた仕返しだ。

「一件落着」

「ミリー、ほどほどにしておけよ」

満足げに鼻の穴をヒクヒクさせていたら、眠っていたと思ったジョーの声がしてビクッとする。

「お、お父様！」

「何をしたんだ？」

「……ジークを泣かせたから光るカエルを使って仕返しをした」

ちゃんと魔力は抑え誰も私が犯人だと気づいてないことを強調してジョーに例の光るカエルを見せる。ジョーはカエルを手に乗せると微かに口角を上げるのが見えたが——軽く叱られる。

「勘に触ったやつらに毎回仕返ししてもキリがないぞ——だが、いい仕返しだったな」

最後の部分はほとんど聞こえない声でジョーが言う。ちょっとやり過ぎたかもと反省はしている。

「ありがとう。お父さん」

「マリッサには……内緒だ」

こっちに戻ってくるマリッサに手を振りながらジョーが言う。ジークも手を振っているので機嫌は直ったようだ。

帰る前に家族で橋を渡り最後にもう一度ジークと一緒に池を眺《なが》める。

「二人とも、もう帰るぞ！」

「はーい。ジーク、帰るよ」

「ねぇね、ピカピカカエルさん」

「え……」

ジークが指差す場所には確かに緑水晶のような美しい色合いのカエルがいた。呆気にとられながら見ているとカエルの中心部分から金色の光が漏れる。本物の光るカエルだ。

「綺麗……」

すぐにカエルは池に飛び込み、目の前から消えたけどしばらく光るカエルのいた場所をジークと一緒に凝視《ぎょうし》した。

「ミリー、ジーク、どうしたの？　帰るわよ」

「う、うん。今行く。行こうジーク」

後に池で光るカエルを確保する行為は禁止になった。

そして光るカエルを捕獲しようとすれば逆鱗に触れ不幸になるという噂《うわさ》も独り歩きした。

そんな噂《うわさ》を流したのはあの少年たちかもしれない。

あの日に見た光るカエルにとっては、噂が広まることでそっとしてもらえるだろうから平和でなによりと思っているかもしれない。

結局、光るカエルを見たことは私もジークも誰にも言わなかった。

光るカエルを見れば幸せになる——のかは分からないけど今日もミリアナ・スパークは幸せに楽しく生きています！

この作品に対する皆様のご意見・ご感想をお待ちしております。

おハガキ・お手紙は以下の宛先にお送りください。

【宛先】

〒150-6019 東京都渋谷区恵比寿4-20-3 恵比寿ｶﾞｰﾃﾞﾝﾌﾟﾚｲｽﾀﾜｰ 19F
（株）アルファポリス　書籍感想係

メールフォームでのご意見・ご感想は右のＱＲコードから、
あるいは以下のワードで検索をかけてください。

アルファポリス　書籍の感想　検索

ご感想はこちらから

本書は、「アルファポリス」（https://www.alphapolis.co.jp/）に掲載されていたものを、
改稿、加筆のうえ、書籍化したものです。

転生《てんせい》したら捨《す》てられたが、拾《ひろ》われて楽《たの》しく生《い》きています。 4

トロ猫（とろねこ）

2024年 2月 5日初版発行

編集ー飯野ひなた
編集長ー倉持真理
発行者ー梶本雄介
発行所ー株式会社アルファポリス
〒150-6019 東京都渋谷区恵比寿4-20-3 恵比寿ｶﾞｰﾃﾞﾝﾌﾟﾚｲｽﾀﾜｰ19F
TEL 03-6277-1601（営業） 03-6277-1602（編集）
URL https://www.alphapolis.co.jp/
発売元ー株式会社星雲社（共同出版社・流通責任出版社）
〒112-0005 東京都文京区水道1-3-30
TEL 03-3868-3275
装丁・本文イラストーみつなり都
装丁デザインーAFTERGLOW
（レーベルフォーマットデザインーansyyqdesign）
印刷ー中央精版印刷株式会社

価格はカバーに表示されてあります。

落丁乱丁の場合はアルファポリスまでご連絡ください。

送料は小社負担でお取り替えします。


ISBN978-4-434-33358-3 C0093